KB059082

성추행당할 뻔한
S급 미소녀를 구해주고 보니
옆자리
소꿉친구였다

켄노지

Illustration 플라이

성추행당할 뻔한
S급 미소녀를 구해주고 보니
옆자리 소꿉친구였다

켄노지

커버·삽화·본문 일러스트 **플라이**

① 항상 보던 경치, 낯선 여자애

시업식 날 아침.

나는 항상 그랬듯이 만원 전철을 타고 학교에 가고 있었다.

새 학년 첫날 아침부터 우울한 기분으로 있자니 바로 옆에 같은 학년 여자애가 있다는 걸 알 수 있었다.

그녀는 주위 사람에게 방해가 되지 않게끔 얼굴 쪽으로 휴대폰을 가져다 대고 뭔가 조작하고 있었다.

내가 있는 곳에서는 얼굴이 잘 보이지 않았지만, 몸매가 호리호리하고 긴 머리카락이 예쁜 걸 보니 귀여울 거라는 생각이 들었다.

그 애 주위에는 대학생 같은 남자와 사회인 같은 누님, 회사원 같은 남자가 있었다.

매일 아침에 같은 전철로 학교를 다니다 보면 자주 보는 사람들인데, 그 회사원 같은 남자만은 아니었다. 낯선 사람이다.

요즘은 치한이라는 누명을 쓴다고 뉴스나 SNS에서 시끄럽게 떠드니까 남자…… 특히 회사원분들은 가방을 선반 위에 올려두고 손잡이를 두 손으로 잡고 가는 사람이 많다.

……하지만 그 남자는 그러지 않았다. 한 손으로 손잡이를 잡은 채, 다른 쪽 손을 잘 보이지 않았다.

방금까지 휴대폰을 만지작거리고 있던 여자애의 손가락이 딱

멈췄다.

새로운 생활, 새로운 학기, 새로운 학년, 새로운 것들로만 가득 찬 4월에, 설마…….

왠지 이상하다 싶어서 주의 깊게 지켜보고 있자니 여자애가 들고 있던 휴대폰이 조금씩 떨렸다. 전철이 흔들리는 것만으로는 저렇게 되지 않는다. 손이 떨리는 거 아닌가……?

거기 나보다 가까이 있는 대학생, 저 회사원하고 여자애, 뭔가 이상하지 않아?

사회인 누님이라도…… 안 되겠다. 다들 휴대폰 화면만 보고 있다.

"…………만, …………하, ……요……."

방금 작은 목소리가 들렸다. 그 여자애가 있는 쪽에서.

나만? 나만 들은 건가?

바로 옆에 있는 사람들은 이어폰을 끼고 있다. 저래선 못 듣겠지.

내가 착각한 거라도 상관없다.

"죄송합니다, 죄송합니다, 잠깐만──."

나는 만원 전철 안을 뚫고 이동했다. 엄청난 눈초리로 노려보 거나 민폐라는 듯이 눈살을 찌푸리는 사람도 있었다.

여자애를 등지고 억지로 회사원 같은 남자 사이에 끼어들었다.

좀 전에 이 여자애가 했던 말은 '그만하세요' 아니었을까.

생전 처음 보는 사람에게, 그것도 어른에게 갑자기 따질 만한 배짱은 없다.

하지만 뭔가 참으려는 듯 떨면서 거부하는 의사 표시를 한 여자애가 앞에 있으니 겁쟁이인 나도 회사원을 보는 눈초리가 어느 정도 날카로워졌다.

40대 정도에 안경을 썼고 성실해 보이는 아저씨였다.

적의를 드러내며 노려보자 아저씨는 겁을 먹은 듯이 눈을 피했다.

이번 역은~, 이라는 차장의 안내 방송이 들렸다.

"뭐, 뭐냐. 노려보고——."

"저기요. 그만 하세요."

아무런 상관도 없는 나조차 말을 꺼내는 데 어느 정도 용기가 필요했다. 그렇게 생각하니 좀 전에 이 애에게 얼마나 큰 용기가 필요했을지 짐작이 갔다.

덜컹, 쿠웅, 시끄러운 와중에도 주위 사람들은 내 목소리를 들은 모양이었다.

"어, 뭐야? 치한?"

아, 내가 당한 것 같은 느낌인데?!

"아는 사람이거든요. 시, 싫어하잖아요."

초조해하면서도 뒤쪽을 손가락으로 가리키며 주위 사람들에게 설명하듯이 아저씨에게 말했다.

같은 학교 학생이라면 대강 아는 사람이라고 해도 될 것이다.

얼굴이 잘 보이지 않아서 누군지는 모르겠지만.

"으아, 치한? 기분 나빠……."

"치한 자식, 최악이야."

아저씨가 주위 사람들의 눈총을 받고 어쩔 줄 몰라 하고 있었다.

"남자 고등학생에게 아저씨가 성추행을 하다니……."

내가 당한 게 아니라고오오오오!

"남자에게 남자가 성추행하다니, 장난 아니네…… 퍼뜨리자."

착각한 채로 퍼뜨리지 마!

그런데 이제 어떻게 해야 하지…….

잡아서 경찰 아저씨 이 사람입니다, 라고 하면 되나? 그러면 되는 건가?

내가 생각하던 와중에 역에 도착했고, 전철에서 사람들이 세찬 기세로 쏟아져 나갔다.

……어라? 아저씨가 없는데!

어느새 아저씨가 사람들의 세찬 물살에 숨어서 전철을 내렸다.

"자, 잠깐——."

이렇게까지 해줄 이유는 없지만, 이왕 이렇게 되었으니까.

승강장에 사람들이 잔뜩 있었기 때문에 아저씨를 따라잡는 건 간단했다.

아저씨의 손목을 꽉 잡았다.

소동이 일어난 걸 보고 온 역무원 분에게 사정을 설명하고 아저씨를 넘겼다.

"큰 공을 세웠구나, 소년. 그런데…… 그 애는?"

아, 그 애가 없네. 그 전철을 타고 가버렸나보다.

뭐, 상관없지.

상황을 이것저것 설명하는 건 싫을 테고.

그 대신 내가 알고 있는 범위 안에서 설명하게 되었다.

시간은 8시가 넘었다. 새 학기가 되자마자 지각 확정이다.

평소에 20분 정도면 도착하는 학교에는 사정 청취 때문에 시간이 네 배나 걸려서 도착하게 되었다.

입구에 붙어 있던 반 배치표를 확인하고 신발장에 운동화를 집어넣었다.

내 것만 열려 있었기에 어딘지 금방 알 수 있었다.

시업식은 이미 끝났는지 복도를 걸어가다가 본 교실에서는 홈룸이 진행되고 있었다.

새로운 반인 B반 교실을 발견하고 조용히 뒤로 들어갔다.

담임 선생님은 여자였고, 작년에 1학년 영어를 담당했던 와카타베 선생님이었다. 선생님은 1년 동안 잘 부탁한다는 식으로 인사를 하더니.

"타카모리 료. 이미 들켰으니까 몰래 안 들어와도 된다~."

그렇게 말을 걸었다.

"아, 네⋯⋯."

모두의 시선이 쏠렸고, 쿡쿡대는 작은 웃음소리가 새어 나왔다.

역무원분이 지각한 이유에 대해서 학교에 연락해준다고 했는데 사실이었던 모양이다.

선생님에게 지각했다고 혼나지는 않았다.

빈자리를 발견하고 앉았다.

이런, 이런. 이제 겨우 숨을 돌릴 수 있겠다.

옆자리를 보니 후시미 히나가 있었다.

"또냐."

나는 조용히 중얼거렸다.

후시미는 유치원부터 함께 다닌 이른바 소꿉친구였다. '친구'라고 할 정도로 친하진 않지만 아무튼 그녀에 대해서는 예전부터 알고 있다. 반도 계속 같은 반이었다.

새 학기 처음에는 가까운 자리에 앉게 되는 경우가 많았다. 옆자리가 된 건 이번이 다섯 번째 정도인 것 같다.

후시미와는 중학교 때부터 이야기를 거의 하지 않게 되었기 때문에 지금은 그렇게 사이가 좋지는 않다. 나쁘지도 않다.

선생님 쪽을 보고 있는 옆얼굴을 슬쩍 엿봤다.

하얀 피부에 약간 붉은 기운이 도는 볼. 립글로스를 발라서 윤기가 있고 얇은 입술. 긴 속눈썹이 눈을 깜빡일 때마다 오르락내리락하고 있다.

날씬한 다리와 검은색 하이 삭스. 너무 짧지도 않고 길지도 않은 교복 플리츠 스커트. 작은 손에 가녀린 손가락. 매끈매끈한 손톱.

왠지 후시미는 날이 갈수록 '귀엽다'라거나 '예쁘다' 같은 느낌으로 몸이 코팅되어 가는 것 같았다.

예전부터 그녀를 알고 있는 내가 보기에는 대작 예술품이 만들어져가는 모습을 바로 옆에서 지켜보는 듯한 느낌이기도 했다.

선생님의 이야기를 흘려들으면서 멍하니 그런 생각을 하고 있자니 후시미가 펜을 꺼내서 수첩에 뭔가 적기 시작했다.

그리고 그 수첩을 이쪽에 보이게끔 내밀었다.

『아까는 고마워.』

……수첩에는 그렇게 적혀 있었다.

아까?

짐작 가는 건 전철에서 있었던 일밖에 없다.

그렇다면 후시미가 그 여자애였던 건가?

어떻게 나라는 걸 알았지? 후시미였던 것 같은 여자애한테는 등을 돌리고 있었을 텐데.

힐끔 보니 눈이 마주쳤다.

"아, 저기, 목소리하고 사진으로."

후시미는 책상 아래로 휴대폰을 내리고 조작했다. 그러고는 셀카를 찍는 요령으로 자기 뒤쪽을 찍은 사진을 보여주었다.

아, 나하고 그 아저씨네.

"괜찮아?"

그렇게 묻자 후시미는 곤란하다는 듯이 애매하게 웃었다.

아니, 괜찮을 리가 없지. 그런 짓을 당했는데.

"교복을 만진 것 같긴 한데, 그 이상 뭔가 당하진 않았으니까."

나는 안심하며 가슴을 쓸어내렸다.

정말 다행이다.

내가 눈치채지 못했거나 위화감을 무시하고 못 본 척했다면 더 심한 짓을 당했을 가능성도 있다.

"기뻤어. 구해줘서."

"그럼, 다행인데……."

"료 군, 정의의 사자 같았어."

그런 말을 들은 건 초등학교 이후로 처음이다.

새삼 그런 말을 들으니 왠지 쑥스럽네…….

"오늘 있었던 일은 잊어버리자. 우리 둘 다."

그렇게 말하자 후시미는 방긋 웃으면서 '그럴 순 없어' 하고 고개를 저었다.

나는 애초에 그렇게 정의감이 강한 사람도 아니고, 오늘 있었던 일은 없었던 걸로 해도 된다. 후시미도 기분 나쁜 일은 잊어버리고 싶을 텐데…… 이유가 뭐지?

이해하지 못하고 있자니 후시미는 여신님 뺨칠 것 같은 미소를 지었다.

"또 같은 반이네. 1년 동안 잘 부탁해."

나는 그 미소의 의미도 알지 못하고 '아, 그래'라고만 대답했다.

모두가 인정하는 S급 미소녀이자 소꿉친구인 후시미와 수수한 캐릭터인 내가 사랑을 하게 된다는 건 그때는 알 수가 없었다.

②　이웃과 언젠가 했던 약속

다음 날 아침.

후시미는 전철을 타지 않았다.

집이 근처라 가장 가까운 역은 나랑 똑같다. 하지만 지금까지 등하교를 할 때 본 적은 없었다.

그러고 보니 후시미가 버스로 통학하는지, 자전거를 타고 통학하는지, 그냥 다른 전철을 탄 것뿐인지, 나는 그것조차 모르고 있었다.

아무 일도 없이 무사히 등교해서 2학년 교실이 늘어서 있는 2층으로 올라가 B반으로 향했다.

교실로 들어가 보니 이미 자리에 후시미가 있었다. 그 주위에는 남자애들과 여자애들이 몰려 있었다.

후시미는 쉬는 시간이 되면 항상 누군가가 자리에 찾아와서 잡담을 하곤 했다.

찾아오는 남자애든 여자애든 화려하고 눈에 띄는 그룹이 많아서 내 자리에 앉아 있는 것만으로도 왠지 껄끄러웠다.

"료 군, 좋은 아침이야."

익숙하고 시원스러운 목소리였다.

이야기를 끊고 인사를 했기에 후시미 주위에 있던 사람들이 일제히 나를 보았다.

이 녀석 누구지? 다들 그런 표정이었다.

어제 내가 등교했을 때는 이미 반 전체의 자기소개가 끝난 뒤였던 모양이다.

"⋯⋯좋은 아침."

주변의, 특히 남자애들의 질투 섞인 시선이 날아들고 있는 것 같다⋯⋯.

자리에 앉아서 휴대폰을 만지작거렸다.

그러고 있으면 다른 사람과 이야기를 안 해도 되고, 그렇게 이야기를 하지 않아도 부자연스럽지 않다.

그것만으로도 이 교실에서 지낼 수 있는 시민권을 얻은 것 같은 기분이 든다.

다른 사람들의 시선에 대책을 세워둔 나와는 달리 옆에서 들리는 이야기는 클럽활동 이야기나 방영이 시작된 신작 드라마 이야기, 그리고 연애 이야기가 많았다.

"후시미 양, 클럽활동 안 해? 여자 테니스부 올래? 지금은 사람이 적어서."

"미안해. 고등학교에서는 안 하기로 해서."

"우리들끼리 그룹 만들자. 후시미 양, ID 가르쳐줘."

남자든 여자든, 시끌시끌 즐겁게 이야기를 하고 있다.

후시미 주위에 있는 남자 몇 명은 후시미를 노리고 있다는 걸 알 수가 있었다.

혹시 후시미 히나는 인기가 많나? 그렇게 뒤늦게나마 눈치챈 것은 작년 봄이었다.

선배인 것 같은 사람에게 고백받는 모습을 목격해버린 것이다.

몇 명에게 고백을 받았다든지, 남자가 메신저 ID하고 전화번호를 건넸다든지, 그렇게 인기가 많다는 이야기는 질릴 정도로 들었다.

중학교 때도 그런 소문이 있었다. 아니, 그건 소문이 아니라 사실이었을 것이다. 당시에는 각색해서 만들어낸 이야기라고 생각했지만.

유치원 때부터 봐서 익숙해진 나는 후시미의 외모를 특별하게 생각하지 않았다.

교과 담당 선생님이 교실로 들어오자 후시미 주위를 둘러싸고 있던 사람들이 흩어졌다.

매번 쉬는 시간만 되면 그러니 얼른 선생님이 왔으면 좋겠다는 생각을 항상 한다.

덜컹덜컹, 후시미가 내 책상에 자기 책상을 붙였다.

"어? 뭐야?"

교과서를 놓고 왔나? ……아니, 그렇게 덜렁대는 계열의 여자애가 아니었던 것 같은데.

선생님이 칠판 앞에서 이러쿵저러쿵 설명하는 와중에 내 영토와 후시미의 영토가 이어진 것을 이용해서 그녀가 무언가를 노트에 적어 내게 보여주었다.

『알겠어?』

아, 내가 수업 내용을 이해하고 있냐고?

"괜찮아."

조용히 그렇게 말하자 후시미는 미소를 지었다.

사실은 괜찮지도 않고, 선생님의 설명도 전혀 듣지 않았다.

수학은 전혀 모르겠단 말이지.

『수학은 잘 못하지 않았나?』

어떻게 아는 건데.

시험 점수를 서로 보여주는 건 중학생 때부터는 한 번도 안 했는데.

서……, 설마, 이웃 네트워크인가?

내 변변찮은 머리가 주부들의 우물가 공론에 의제로 올라간 거야……?!

후시미가 똑똑하다는 건 같은 반이었으니 잘 알고, 어머니에게도 이야기를 듣곤 한다. 그것도 이웃 네트워크의 정보망 덕분일 것이다.

학교에서 제일 인기가 많은 미소녀님께서 교실 구석이 어울리는 나를 돌봐주는 건 조금 껄끄럽다.

고마워, 그럼 가르쳐줘, 할 수가 없단 말이지.

후시미는 또 뭔가 적은 노트를 슬쩍 보여주었다. 고양이(?)로 보이는 이상한 생물이 그려져 있었고, 말풍선에 대사가 적혀 있었다.

『좋아해.』

이야기의 흐름으로 보니 수학을 좋아하니까 못하는 내게 가르쳐주겠다는 뜻인가?

"아, 응. 나도 알아. 같은 반이었으니까."

슥슥, 지우개로 말풍선의 대사를 지우던 후시미의 손이 멈췄다.

의아해하면서 슬쩍 보니 얼굴이 새빨갰다. 눈이 마주치자 어쩔 줄 몰라 하면서 행동이 이상해졌고, 손이 부딪혀서 자기 필통을 바닥에 떨어뜨렸다.

"아아으아아으……."

이상한 소리를 내네…….

그녀는 뒤집어진 필통을 원래 자리에 되돌려놓고 어흠, 헛기침을 했다.

자주 보는 새침한 표정이지만, 아직 귀가 조금 빨갛다.

후시미가 이렇게 표정이 다양하게 바뀌는 녀석이었던가?

『오늘은 전철 안 탔어?』

신경 쓰이던 부분을 노트에 적어서 보여주었다.

"자, 잠깐만 기다려——."

후시미는 작은 목소리로 말한 다음 샤프를 슥슥 움직여서 글자를 적었다.

『평소에는 출근길 중간에 학교가 있어서 아버지가 데려다주시는데 어제는 시간이 안 맞아서 어쩔 수 없이 전철을 탔어.』

아하. 그래서 못 본 거구나.

그건 그렇고 우연히 탄 전철에서 그런 짓을 당하다니, 운이 안 좋다고 해야 하나, 뭐라 해야 하나…….

『더 심해지기 전에 지켜줘서 고마워.』

"그, 그래."

어색하게 대답하자 후시미가 방긋 웃었다.

『료 군은 그 약속 기억해?』

응?

그 약속이라니, 무슨 약속 말이지……?

떠올리려 하고 있자니 후시미가 기대감으로 가득 찬 눈빛으로 나를 보고 있었다.

약속……. 적어도 중학교나 고등학교 때 한 건 아니지.

근데 초등학교 때는 약속을 잔뜩 했잖아.

저, 전혀 모르겠네. 약속을 잔뜩 했다는 건 기억하고 있지만, 내용은 기억이 안 난다.

내가 생각에 잠긴 사이, 시간으로 따지면 약 3분 정도.

옆을 힐끔 보니 후시미가 볼을 부풀리며 토라져 있었다. 햄스터 같은 표정으로 완전히 삐짐 모드였다.

내가 그 약속이라는 걸 잊었다는 게 들킨 모양이다.

후시미는 '이제 몰라'라고 하는 듯이 고개를 홱 돌리고 책상을 원래 있던 곳으로 되돌리며 내게서 떠나갔다.

어…….

수학은 가르쳐줄 거면서 약속 내용은 안 가르쳐주는 거야?

방금 본 후시미는 내가 알고 있던 후시미와는 인상이 달랐다.

초등학교 때는 저런 느낌이긴 했지만, 그 이후로는 새침한 표정이 버릇처럼 되어서 감정을 잘 드러내지 않았던 것 같다.

옆자리에 있는 사람이 학교에서 제일 인기가 많은 사람이 아니라 소꿉친구인 히나가 된 것 같다는 생각이 들어서 약간 정겨운 느낌도 들었다.

③ 런치 프렌드

『히나가 엄마 할 테니까 료 군은 아빠야.』

『어? 왜? 나는 강아지가 좋은데..』

어렸을 때 우리는 소꿉친구답게(?) 소꿉놀이를 하면서 놀곤 했다.

강아지가 좋다고 했을 때 후시미가 지었던 표정과 지금 옆에 있는 표정은 완전히 똑같다.

지금 후시미는 불룩~, 볼을 부풀린 채로 칠판에 적힌 것들을 필기하고 있다.

완전히 삐짐 모드에 돌입한 것이다.

힘을 꽉 주고 있는지 툭, 툭, 샤프심이 부러지는 소리가 정기적으로 들리고 있다.

어째서 이런 표정을 짓고 있는가 하면——.

『료 군, 점심 같이 먹자?』

『어? 왜? 나는 혼자 먹는 게 좋은데..』

이렇게 말했기 때문이다. 말했다고 해야 하나, 노트로 필담을 나누었다.

어째서 다시 완전히 삐짐 모드가 된 건지는 모르겠지만, 아무튼 나와 그렇게 이야기한 게 원인인 모양이다.

그리고 오전 마지막 수업이 끝나자 나는 미리 편의점에서 사두었던 점심밥을 들고 자리에서 일어섰다.

혹시 후시미도 혼자 먹나 싶었지만 그렇지는 않았다. 다른 쉬는 시간처럼 여자애들과 남자애들이 와서 후시미를 그룹에 끌어들였다.

오히려 나하고 같이 안 먹어서 다행인 거 아니야?

나는 친구가 있든 없든 신경 쓰지 않지만, 신경 쓰는 사람들에게는 이 4월이 중요한 것 같으니까.

누구와 사이좋게 지낸다든가, 누구 그룹이라든가. 그렇게 자신에게 딱지를 붙이고 코팅하느라 힘든 모양이다.

후시미와 한순간 눈이 마주쳤고, 그녀는 버려진 강아지처럼 쓸쓸한 눈빛을 보이고 있었다.

미안해. 이제 와서 같이 점심을 먹는 건 내게 너무 안 어울리는 짓 같으니까 봐줘.

마음속으로 사과한 다음, 나는 교실을 나섰다.

내가 향한 곳은 특별 교실 건물 3층에 있는 물리실. 도둑맞을 게 아무것도 없어서 그런지 항상 잠궈두질 않는다.

안에 들어가니 먼저 온 손님이 있었다.

어깨까지 닿는 세미롱 헤어 여자애. 여기서 자주 만나는 토리고에였다.

"왔구나."

"갈 곳이 여기밖에 없어서."

적당히 인사를 하고 항상 그랬듯이 멀리 떨어진 곳에 앉았다.

우리 둘 다 휴대폰을 만지작거리며 점심을 먹는다. 딱히 대화는 나누지 않는다.

내가 학교에서 유일하게 사이좋은 사람이라고 할 수 있는 게 토리고에다. 점심시간에 물리실에서만 보지만.

나는 토리고에가 몇 반인지 모르고, 아마 그녀도 마찬가지일 것이다.

1학년 때부터 이런 느낌으로 뭔가 서로 간섭하지도 않고, 쓸데없는 대화는 전혀 하지 않는다.

친구라기보다는 이해관계가 일치한 사람들이라는 느낌이다.

"수업 중에 학교의 아이돌하고 몰래 무슨 이야기를 한 거야?"

물어보면서도 흥미가 없는 것 같아하는 토리고에는 휴대폰 화면만 보고 있었다.

"아, 후시미 말이야? 딱히, 별 이야기는 안 했는데."

흐음, 그렇게 적당한 대답이 돌아왔다.

"어떻게 그걸 안 거야?"

"같은 반이니까."

정말로? 전혀 눈치 못 챘네.

"아니, 단톡방에서 화제가 되었거든."

"……뭐?"

"그러니까, 우리 반 단톡방. 7할 정도는 들어와 있어."

"뭐? 토리고에, 너도?"

"일단은. 말은 안 하고 다른 애들 메시지만 보긴 해."

의외네. 그런 건 안 들어갈 타입 같았는데.

……그리고, 나는 초대조차 받지 못했다. 뭐, 됐어…….

"나, 나는 초대하더라도 어차피 안 들어갈 거니까!"

들어가고 싶진 않지만, 들어올지 여부만이라도 물어봐 줬으면 한다는 이 골치 아픈 사춘기 심리를 이해해 달라고.

쿡쿡, 하고 토리고에가 조용히 웃었다.

"허세 부릴 필요는 없잖아."

허, 허세 아니거든.

토리고에는 옆자리에 앉은 나와 후시미가 무슨 이야기를 했는지 모두가 맞춰보고 있다는 이야기를 해주었다.

"다들 한가하네."

"후시미 양의 동향은 이 학교 최대의 관심사라고도 할 수 있으니까."

그래?

소꿉친구라는 건 아마 아무도 모를 것이다. 그런 분위기도 없고.

"조합이 뜻밖이었던 것 같아. 나도 뜻밖이었고. 퍼펙트 아이돌하고 외톨이 상급자인 두 사람이."

"뭐야, 내 직책이 왜 그런데."

너무 딱 들어맞아서 웃기지도 않네.

"흐아앗?!"

갑자기 토리고에가 이상한 소리를 냈다.

쿨해 보이는 이 녀석이 허둥대는 모습은 처음 본 것 같은데.

"왜 그래?"

"어? 아니. 아무것도 아니야. ······아니, 모르는구나······?"

무슨 소리지?

의아해하고 있자니 점심시간이 끝나려 했기에 우리는 제각각

교실로 돌아갔다.

퍼펙트 아이돌님은 여전히 인기가 많아서 자리 주위에는 사람들이 잔뜩 있었다.

내 자리도 점령당한 상태였기에 한숨을 쉬었다.

딱히 내 자리를 차지하는 건 상관없긴 한데, 점심시간이 끝났으니까 자기 자리로 가줘.

그렇게 말할 정도의 일은 아니니까 조용히 있겠지만 답답한 건 분명하다.

내가 돌아온 걸 후시미가 눈치챘다.

"료――, 타카모리 군이 돌아왔으니까 비켜줄래?"

오, 나이스, 후시미.

까불거리던 남자가 어쩔 수 없다는 듯이 일어섰다. 나는 후시미에게 고맙다는 의미를 담아서 엄지손가락을 척, 들었다.

후시미의 새침한 표정이 무너지고 에헤헤, 풀어졌다.

요즘 며칠 동안, 내가 생각했던 후시미와는 다르다.

이야기할 일이 있더라도 작년은 계속 새침한 표정만 지었는데.

……뭐, 됐어.

아마 중학교 때부터 후시미가 새침한 표정을 짓기 시작했을 것이다.

지금처럼 얌전하고 완벽한 미소녀라는 이미지가 정착되기 시작했던 것도 그 무렵이었던 것 같다.

어렸을 때부터 알고 지낸 내가 보기에는 남인 것 같은 그 표정이 조금 껄끄러웠다.

수업이 시작되고 낮잠이라도 잘까 생각하고 있자니 부우웅, 휴대폰이 짧게 울렸다.

어차피 집에 오는 길에 슈퍼에서 뭔가 사 오라고 시키는 여동생의 메시지일 것이다.

책상 아래쪽으로 내려서 메시지를 확인해보니 낯선 아이콘과 '히나'라는 이름이 떴다.

…………설마?

옆을 보니 후시미가 약간 긴장한 표정으로 나를 힐끔거리며 훔쳐보고 있었다.

여, 역시!

내 계정을 대체 누구에게……. 아, 토리고에인가?

아니, 옆자리인데 메시지를 보내?!

『토리고에 양이 ID 가르쳐줬어! 폐가 됐다면 미안해!』

그렇진 않은데……. 아, 그 뒤에도 내용이 있네.

『괜찮다면 오늘 같이 집에 갈래?』

……왜 그러는 거야, 후시미.

잘 나가는 그룹하고 평소에 같이 가면서 놀고 그러지 않아? 그런 느낌이라고 이웃분에게 들었는데.

오히려 나 같은 거하고 같이 가도 괜찮겠어?

같이 가고 싶은 녀석이 나 말고도 잔뜩 있지 않나?

의문, 질문을 시선에 담아 후시미를 보고 있자니 그 시선을 받은 후시미는 어깨를 움츠리고 점점 쪼그라들었다.

그녀는 손으로 휴대폰을 샤샥, 조작하고는 또 나를 훔쳐보았다.

『안 돼?』

옆에서 긴장감이 느껴진다.

나 같은 녀석에게 그런 말을 하면서 왜 얼굴이 굳은 건데.

내게 남은 선택지는 하나밖에 없었다.

『좋아.』

그렇게 답장했다. 곧바로 읽었다는 표시가 떴다. 화면을 보다
가 고개를 든 후시미가 활짝 웃었다.

꽃이 피어난 것 같은 그 미소에 가슴이 두근거렸다.

낯익은 얼굴인데도…… 나도 모르게 귀엽다는 생각이 들어버
렸다.

④ 창피사

수업이 끝나고 방과 후를 맞이했다.

후시미와 내가 정말로 같이 집에 가는 건가? 그때까지 나는 계속 반신반의하고 있었는데, 역시 진짜로 함께 갈 생각이었던 모양이다.

"료 군, 가자."

"그, 그래……."

나는 후시미하고 이야기할 때 그, 그래라는 말만 하는 것 같다.

가방을 들고 일어선 후시미는 교실을 나서려고 등을 돌렸다. 움직일 때마다 몸에서 음표가 튀어나올 것 같은 분위기였다.

"히나, 오늘은 어디 들렀다 갈래——?"

"미안해. 오늘은 타카모리 군하고 갈 거니까."

"어? 아, 그래……?"

후시미와 사이좋게 지내는 여자애가 깜짝 놀라서 눈을 동그랗게 떴다. 그런 다음 후시미를 따라가는 나를 힐끔 보고 고개를 갸웃거렸다.

뭐……, 그렇겠지.

그 여자애하고도 1학년 때는 같은 반이었는데, 나하고 후지미가 사이좋게 지낸 적은 전혀 없으니까.

그렇다. 전혀 없었다.

어째서 갑자기 '소꿉친구' 같은 행동을 하기 시작한 건지 나는 전혀 모르겠다.

반대로 말하자면, 초등학교 때는 '소꿉친구'였는데 어째서 갑자기 그렇지 않게 되고 거리가 멀어졌는지도 잘 모르겠다.

그런 다음 후시미는 교실을 나가기 전까지 몇 명의 제안을 거절했다. 다들 한결같이 깜짝 놀랐다.

무슨 심정인지는 알겠어. 나도 놀랍다고. 지금도 믿기지 않아.

거절할 이유가 없어서 OK하긴 했는데, 대체 무슨 이유로 이렇게 된 거지……?

"그래도 돼? 방과 후에는 다른 애들하고 노래방에 가거나 패밀리 레스토랑에서 수다를 떨거나 하지 않아?"

후시미가 찰랑거리는 머리카락을 귀에 걸치면서 '어?'라고 대답했다.

"그러니까, 어째서 나하고 가나 싶어서."

아마 노래방에 가거나 패밀리 레스토랑에서 수다를 떠는 게 나하고 집에 가는 것보다는 훨씬 즐거울 것이다.

후시미가 입술을 삐죽댔다.

"약속을 기억하지 못하는 사람에게는 말 안 할 거예요."

"그게 무슨 소리야."

내가 삐진 듯이 말하자 후시미가 '아하하', 소리내며 웃었다.

예전 같아서 조금 즐겁네, 젠장…….

입구를 나선 다음 나란히 걸어갔다. 신입생은 물론이고 하교하는 학생들에게 주목받은 건 말할 필요도 없을 것이다.

불안하네…….

"방과 후에는 다른 데 들리지도 않고 바로 집에 갔었거든?"

"어?"

"나는 밤놀이 같은 걸 하는 애가 아니에염."

아니에염이라니…… 어린애도 아니고.

"잘 논다고 생각하는 건 좀 싫은 것 같아."

"미안. 교실에서 본 느낌으로는 그렇게 노는 그룹하고 사이가 좋은 것 같아서, 그런가 싶었거든."

"가자고 해도 금방 빠져. 저녁 6시 정도에는 집에 돌아가니까."

교실에서 느낀 이미지대로 모범생이구나.

꽃도 무색할 만큼 아름다운 학교의 공주님이 그렇게 일찍 집에 가서 뭐 하는 건지.

제일 가까운 역에는 5분 정도 만에 도착했고, 도착한 전철에 탔다.

"아. 알았다."

어째서 같이 가자고 한 건지 알겠다. 나도 모르게 소리내서 말해버렸다.

"어? 왜?"

"후시미, 차 안을 잘 봐."

"?"

후시미는 그렇게 머리 위에 물음표를 띄우고 내가 말한 대로 차 안을 둘러보았다.

승객들은 대부분 우리 학교 학생들이고, 다른 승객들은 거의 없었다.

"차 안이 왜?"

"만원 전철도 아니고, 이상한 녀석도 없어. 우리 학교 학생들뿐이지."

"응?"

"집에 갈 때는 성추행당할 걱정 같은 건 안 해도 되거든?"

"어? 안 하는데?"

"……."

"안 하는데?"

"두 번 말할 필요는 없어."

"아니, 대답을 안 하길래. ……아, 혹시 내가 료 군에게 기대는 줄 알았어?"

"──아, 아, 아니거든."

"거짓말~."

후시미는 장난기 어린 미소를 지으며 쿡쿡, 내 가슴을 찔러댔다.

큭, 신나게 찔러대기는.

"혹시 지금, 아침처럼 만원 전철이라면 또 지켜줄 거야?"

왠지 모르겠지만 후시미가 마구 들이대는데.

"또라니……, 저번에는 우연히 봤을 뿐이고──, 아니, 집에 갈 때는 만원 전철이 될 리가 없잖아."

"으~! 만약에! 실제로 어떤지는 제쳐두고."

제쳐두려는 그게 제일 중요한 건데요.

발끈하면서 나를 바라보고 있었기에 나는 항복한다는 의미까지 포함해서 한숨을 쉬었다.

"그, 그래. 지킨다고 하면 조금 쑥스럽지만, 이상한 피해를 당하지 않게끔 해줄게."

그 대답에 만족했는지 후시미는 에헤헤, 쑥스러운 듯이 웃었다.

"평소에 집에 갈 땐 전철을 거의 안 타는데."

"방금 한 이야기가 전부 소용없는 거였잖아."

대체 뭐냐고.

지금까지 집에 갈 때 후시미를 본 적이 없긴 했다. 집에 가는 시간대가 다른 줄 알았는데, 그런 이유 때문이 아닌 모양이다.

"그럼 오늘은 왜 전철을 탄 건데?"

"……니까, 그렇지……."

뭔가 중얼거리면서 눈을 피했다. 쑥스러운 듯이 차창 너머로 바깥을 바라보고 있다.

그런데, 전혀 들리지 않았다.

"어? 뭐라고? 다시 말해줘."

덜컹, 쿠웅, 흔들리는 전철 안에서 후시미는 얼굴을 절반만 이쪽으로 돌렸다.

작은 목소리였지만, 이번에는 제대로 들렸다.

"료 군이 전철을 타고 가니까 그렇지……."

볼이 점점 빨갛게 물들었다.

얼굴이 빨간 건 저녁놀을 받고 있어서 그런 게 아닌 모양이다.

"같이 집에 가고 싶어한 건…… 나니까……."

후시미는 우물거리면서 발끝을 내려다보았다.

나는 여전히 그 말과 지금 상황을 믿을 수가 없었다. 이건 몰래 카메라 같은 거고, 누군가가 찍어서 생방송으로 내보내고 있다는 게 더 신빙성이 있을 것 같다.

"······어? 뭐라고? 무슨 뜻이야?"

"진짜, 몇 번을 말하게 하는 거야. 심술부리지 마. 창피사 해버 릴 것 같다고!"

새로운 단어를 만들지 말라고. 나도 부끄사할 것 같으니까.

⑤ 둘러댄 대가와 갸루

그 이후로 둘 다 말이 없어졌고, 가장 가까운 역에 도착했다.

같이 집에 갈 땐 이런 느낌으로 가면 되는 건가?

초등학생 때는 이곳저곳 들렀던 기억이 있는데…… 고등학생들은 같이 집에 갈 때 뭔가 하나……?

"왜 그렇게 표정이 굳었어?"

후시미가 나를 들여다보고 있어서 깜짝 놀랐다.

"아니, 집에 갈 때 그냥 이러면 되는 거야?"

가장 가까운 역부터는 걸어간다.

우리 집에서 천천히 걸어가면 15분. 아침에 급하게 갈 때는 10분 정도 걸리는 거리다.

"신경, 써주는구나."

"그야 그렇지. 우리 학교에서 제일가는 공주님이니까."

"료 군까지, 나를 그런 식으로 보지 마."

후시미는 마음에 들지 않는다는 듯이 중얼거렸다.

말은 그렇게 해도 말이지.

"아, 그러고 보니까, 토리고에하고는 사이가 좋아?"

"토리고에 양? 사이가 좋다고 해야 하나. 보통?"

내 ID를 토리고에에게 물었다길래 사이가 좋은 줄 알았는데, 그런 건 아닌 모양이다.

갑자기 후시미가 메시지를 보냈을 때 토리고에도 깜짝 놀라서 이상한 소리를 냈으니까.

"저기, 확실히 해두고 싶은데."

멈춰 선 후시미가 그렇게 말을 꺼냈다.

"뭔데?"

확실히 해두고 싶은 거?

짐작 가는 게 전혀 없어서 고개를 갸웃거렸다.

"료 군은──."

"이봐~."

후시미의 목소리와 거의 동시에 귀에 익은 목소리가 들렸다. 후시미가 내 뒤쪽을 손가락으로 가리켰다.

"료 군, 갸루가 엄청 손을 흔들고 있어."

혹시나 싶은 마음에 힐끔 돌아보았다.

타카모리 가문의 장녀이자 이번 봄에 중3이 된 여동생, 마나였다.

약간 곱슬기가 있는 갈색 머리와 화려한 화장. 보란 듯이 짧은 교복 치마에 허리에 두른 가디건.

저걸로 뒤쪽에서 팬티가 보이는 걸 막는다고 하던데.

그래도 자전거를 타고 갈 때는 정면에서 그냥 보일 때가 있단 말이지…….

그런 마나가 살짝 뛰면서 손을 흔들고 있었다.

"저거, 누구야?"

"마나."

"어? 마나?! 어, 어느새 완전 갸루가 되었네……?!"

예전에는 나와 후시미가 놀 때 마나도 끼어서 여러 번 같이 논 적이 있다. 하지만 지금 마나에게는 그 모습이 전혀 남지 않았다.

중학교에 입학했을 때는 비교적 얌전했지만, 어느새 저런 노선으로 나아가고 있다. 어째서 저렇게 된 건지 나도 잘 모르겠다.

타다닥, 그 완전 갸루가 이쪽으로 다가왔다.

"오빠야, 지금 집 가~?"

"바깥에서 오빠야라고 부르지 마. 창피하잖아."

"오빠야는 오빠야잖아. 아니, 어라~? 히나, 오랜만~."

"오랜만이야, 마나."

마나는 꺅꺅대지도 않고 나와 후시미를 번갈아 가며 보았다.

"신기하네. 혼자가 아니라니."

"우연히 그렇게 됐어, 우연히."

흐음~, 마나는 그렇게 코로 소리를 냈다.

"오빠야, 밥은 뭐 먹고 싶어?"

"그러니까, 오빠야라고 부르지 말라고. ……카레?"

"오케이."

이히히, 하고 마나는 웃음소리를 냈다.

이 녀석은 이래 봬도 의외로 성실해서 타카모리 가문의 부엌을 맡아 날마다 어머니 대신 밥을 해준다.

"그럼 이따 봐."

마나는 그렇게 말하고 근처에 세워두었던 자전거를 타고 어디론가 가버렸다.

아마 슈퍼로 저녁에 먹을 것들을 사러 갔을 것이다.

갸루 주제에 놀지도 않는단 말이지, 저 녀석······.

깜짝 놀랐어, 하고 후시미가 중얼거렸다.

"저런 것도 나름대로 귀엽긴 하지만, 마나가 저렇게 변하다니."

그렇지, 깜짝 놀랄 만하지. 나도 남의 일처럼 맞장구를 쳤다.

"나는 알고 있거든. 료 군은 갸루를 좋아하잖아?"

"어──?"

너무 깜짝 놀라서 눈알이 튀어나오는 줄 알았네.

"······그건 어디서 들은 정보야?"

"아니, 중학교 때 그렇게 들었으니까."

중학교 때?

······아. 혹시 그건가?

초등학교 때부터 계속 같은 반이고 근처에 살며 소꿉친구인 후시미와 함께 다니다 보니 놀림당한 적이 있었다.

좋아하지~? 라고. 아침에 깨워주기도 하지~? 라고. 절반 이상은 바보 취급하는 듯한 느낌으로.

그게 싫어서 후시미와는 정반대인 이미지를 말했다.

『뭐어? 나는 그런 것보다는 갸루가 좋아.』

후시미는 굳이 말하자면 정통파다. 그래서 뭔가 잘 아는 듯이(?) 그렇게 말했다.

나를 놀리는 거라면 모를까, 여자애를 끌어들여서 놀리는 것에 내성이 전혀 없었기 때문이다.

터벅터벅, 후시미가 걸어가기 시작했다.

"나는 어차피 그런 거니까······."

잘도 기억하네!

"그건 본심이 아니라 어쩌다 보니 나온 말이라고 해야 하나."

"마나는 변하기도 했고, 이런저런 부분이 성장하기도 했는데."

어디에 내놔도 부끄럽지 않은 갸루가 되어버렸지…….

성장한 건 가슴 정도밖에 없다.

후시미가 가슴 쪽을 내려다보았다.

미묘하게 부풀어 오른 평평한 가슴이었다.

"……방금, 죽고 싶어졌어……."

"있는 힘껏 살아야지!"

어깨를 늘어뜨리고 걸어가기 시작한 후시미와 나란히 걸어갔다.

"갸루를 좋아하는 게 아니라고."

"정말로?"

"응. 나하고 후시미를 놀리는 게 싫었을 뿐이고, 본심은 그게 아니야."

괜찮은 갸루도 있긴 하겠지만, 굳이 말하자면 거리를 두고 싶은 타입이다.

우리 여동생은 괜찮은 갸루에 속한다. 밥도 해주니까.

"그렇다면, 됐고."

분위기가 약간 부드러워진 것…… 같다.

"정말, 데면데면하게 굴어서 손해 봤네."

소꿉친구인 히나에서 동급생인 후시미 양으로, 생각해보니 그렇게 심리적인 거리가 벌어진 건 중학교 1학년 무렵이었던 것 같다.

나도 그런 식으로 주위에서 놀리는 게 싫어서 후시미와는 거리를 두게 되어버렸다.

후시미를 여자애로 의식하게 되었기 때문에 그런 결과가 되었지만 그건 중학교 1학년 남자의 속성이라고 해야 하나, 홍역처럼 누구나 거쳐 가게 되는 길일 것이다.

"지금까지 남처럼 굴었던 게, 혹시 내가 한 말 때문이야……?"

"맞아. 어차피 나는 그런 거니깐."

앙심을 품고 있네?!

"미안하다니까. 정말로."

나는 애원하는 듯이 몇 번이고 사과했다.

"가다가 어디 들를까? 사과할 겸 거기에서 뭔가 사줄 테니까. ……응? 편의점에서 아이스크림이나 막과자 같은 걸로 부탁할게. 카페에서 팬케이크 같은 건 안 돼."

그럼, 하고 후시미는 말했다.

"나…… 료 군네 집, 가고 싶어."

"어?"

⑥ 4년 만의 x번째 방문

우리 집에 가고 싶다. 후시미는 그렇게 말했다.

우리 집은 카페도 아니고, 팬케이크도 없다. 아이스크림은⋯⋯ 냉동실에 있었던 것 같다. 사둔 과자가 있으니 그걸 내줘야겠다.

그걸 먹으면 마나가 화를 내지만, 긴급 상황이니까 어쩔 수 없다.

후시미의 진짜 의도를 짐작하지 못한 채 나는 애매하게 '뭐, 상관없긴 한데'라고 대답했다.

후시미네 집으로 가는 길에 우리 집이 있으니 가는 김에 간다고 할 수도 있다.

그런데 어째서⋯⋯?

옆에서 걸어가고 있는 미소녀를 살펴보니 왠지 표정이 부드러워진 것 같았다.

교실에서 자주 볼 수 있는 표정, 포장된 '후시미 히나'다운 표정과는 조금 달랐다.

'우리 집에는 아무것도 없는데?' 하고 몇 번이나 확인했지만, 그럼에도 불구하고 후시미는 말했다.

'괜찮아, 아무것도 없어도'라고.

소꿉친구인 히나 모드에 들어가면 무슨 생각을 하는 건지 전혀 알 수가 없다.

고개를 갸웃거리면서 걸어가다 보니 집에 도착했다.

"료 군네 집, 오랜만에 오는 것 같아~."

아무런 특징도 없고, 어디에나 있을 법한 서양식 단독 주택이다.

내가 양카라고 부르는 마나의 자전거는 아직 세워두는 공간에 보이지 않았다.

어머니는 일하고 있을 테니까 지금은 아무도 없나?

……아무도 없는데, 집에 여자애를 들여도 되는 건가……?

깜빡깜빡, 후시미가 긴 속눈썹을 깜빡이며 작은 새처럼 고개를 살짝 갸웃거렸다.

"왜 그래?"

얼굴도 예쁘지만, 남자애들에게 압도적인 지지를 얻고 있는 이유는 이런 행동을 하기 때문이겠지.

후시미를 마구 밀어주고 있는 녀석들의 심정을 조금 알 것 같았다.

"아니, 아무것도 아니야……."

후시미는 지금까지 우리 집에 여러 번 놀러 온 적이 있다. 내 방에서도 자주 놀았다.

그런데도 왠지 긴장이 되기 시작했다…….

문을 열고 현관으로 들여보냈다. 슬리퍼를 내주자 그녀는 '고마워'라며 신발을 벗고 자그마한 발을 거기에 찔러 넣었다.

어디로 안내해주면 되지? 거실에서도 논 적이 있었는데…….

"2층으로 안 가?"

"으엑?! 내 방?! 그래도 돼?"

"응. 가자, 가자."

우리 집을 잘 알고 있는 후시미는 타박타박 슬리퍼 소리를 내면서 계단을 올라갔다.

보여주면 안 되는 것들은 확실하게 정리해두었겠지.

꺼낸 건 확실하게 정리해야 한다고 교육해준 어머니가 정말 고맙다.

"저기, 올라와."

후시미는 계단 위에서 멈춰선 다음 고개만 돌려서 나를 돌아보고 있었다.

"지금 갈──"

마침 올려다보는 형태가 되어버려 치마 안쪽이 보이, 보이──보이지, 않는다.

"…………."

"?"

안심했다. 그래도 약간 아쉬운 마음이긴 했다.

뭐야 저거, 계산된 길이인가? 너무 절묘하잖아.

나는 약간 아쉬운 마음을 숨기고 계단을 올라가 후시미를 추월했다.

2층 복도를 나아가서 방문을 열었다.

벗어둔 옷이 있고 읽던 만화책을 몇 권 놔두었을 뿐, 야한 건 아무것도 없다.

나는 새삼 가슴을 쓸어내렸다.

3평 정도 되는 방은 공부용 책상과 침대, 그리고 만화책으로 가득한 컬러 박스 2개로 단순하게 구성되어 있다.

"정리가 안 됐네~."

뒤에서 방을 들여다본 후시미가 조용히 말했다.

그래도 별로 변한 게 없네~, 하고 덧붙이기도 했다.

안으로 들어와서 적당히 벗어둔 옷을 침대 구석에 올려놓았다.

방석 같은 건 옷장 안에 있던가?

앉을 곳을 마련하려던 와중에 털썩, 후시미가 침대에 앉았다.

나도 모르게 빤히 봐버렸다.

"아, 미안. 침대에 앉으면 안 돼?"

"아니, 그런 건 아닌데."

내가 나쁜 녀석이면 어떻게 할 건데.

그대로 덮치고, 바로 그냥, 야한 짓을 할 거라고.

"응? 그런 게 아니면 뭐야?"

"후시미, 좀 더 경계심을 가져야 하지 않을까? 무방비하니까——"

내가 말하던 도중에 후시미는 침대에 누워서 하늘을 보았다.

"무방비하다면, 이런 거?"

"……너, 진짜."

"아하하."

깔깔, 후시미는 즐겁다는 듯이 웃었고, 나는 한숨을 쉬었다.

"마지막으로 우리 집에 온 게 중학교 때였나?"

"아니. 6학년 때……."

드러누운 채 천장을 보던 후시미가 갑자기 입을 다물었다.

6학년? 그랬나?

"6학년 때 뭐?"

내가 묻자 그녀는 돌아누우면서 내게 등을 돌렸다.

"료 군, 기억 안 나? 6학년 때 그날 이후로 처음인데."

기억 안 나는데……. 그날이 무슨 날이지? 마지막으로 온 게 중학교 때라고 생각하고 있었을 정도니까 6학년이라고 해도 짐작가는 게 없다.

"…………저기, 주스하고 차 중에 어떤 게 더 좋아?"

"진짜, 말 돌리는 거 너무 서툴러."

후시미는 돌아누운 채 쿡쿡대며 웃었다.

그럼 주스. 그렇게 대답했기에 나는 방에서 나와 부엌으로 향했다.

"초등학교 6학년 때? 한 주에 5일 정도는 같이 놀았으니까…… 후시미의 인상 같은 게 흐릿하단 말이지……, 너무 많은 일이 있어서 어떤 건지 생각이 안 나……."

혼잣말을 중얼거리며 냉장고에 있던 사과 주스 2인분을 잔에 나눠 따랐다. 그리고 사둔 감자칩과 함께 방으로 가지고 왔다.

테이블 같은 것도 없기 때문에 공부용 책상 위에 그것들을 내려놓았다.

"6학년 때 무슨 일이 있었나?"

돌아보니 후시미는 여전히 돌아누워 있었다.

이런, 이런. 나는 코로 숨을 내쉬었다.

오똑하고 예쁘게 생긴 코와 시원스러워 보이는 눈썹. 또렷한 쌍꺼풀은 지금 감겨 있다. 침대에 아무렇게나 펼쳐진 윤기 있는 머리카락. 연한 분홍색 입술에서는 살짝 숨소리가 들렸다.

"자, 자는 거야?"

그녀는 눈을 살짝 뜨고 내가 있는 쪽을 힐끔 보았다.

왜 자는 척 하고 있는 거지……?

아까 무방비하다고 했던 걸 계속할 셈인가?

"후시미, 너 말이지, 남자를 놀리는 것도 적당히 하라고."

좀 혼을 내줘야지.

위에 올라타서 후시미의 얼굴 양옆에 두 손을 짚었다.

어때, 무섭지?

그런데 새, 생각했던 것보다 얼굴이 가깝네…….

내가 더 두근거리잖아…….

후시미는 눈을 번쩍 떴다. 생각했던 것보다 눈빛이 진지했다.

"딱히 놀리는 건 아니야. 료 군이 잊어버린 것뿐이잖아."

"그러니까, 무슨 소리냐고."

"잔뜩 했던 약속 중 하나거든?"

잔뜩 해서 하나하나의 인상이 말이지…….

단 하나였다면 아직 기억하고 있겠지만.

"남자 침대에 눕고, 자는 척 같은 걸 하고. 그런 건 좋아하는 남자에게만 해야지."

"바보."

후시미는 볼을 붉히며 고개를 돌렸다.

"……바보."

"왜 두 번이나 말하는 건데, 바보야."

"약속을 기억하지 못하는 게 더 바보거든."

큭, 말은 잘하네!

"언제까지 그러고 있을 거야? 비켜줘."

"아, 미안해."

나는 무심코 그녀 위에서 비켰다.

약간 분위기가 껄끄러워졌지만, 주스를 마시고 감자칩을 먹다 보니 무거웠던 입도 가벼워졌다.

그녀는 이야기를 하기만 하면 손이 한가하다며 내가 벗어둔 옷을 개 주었다.

그러다가 '슬슬 갈게', 하고 말하고는 가방을 들고 일어섰다.

어느새 바깥이 조금 어두워졌다.

돌아가는 후시미를 집까지 바래다주기로 하고, 가로등이 어스름 속에 구멍을 뚫고 있는 길을 둘이서 걸어갔다.

"바보인 건 어쩔 수 없다고 치고, 그 약속에 대해 힌트를 좀 줘."

"힌트? 그렇게 많이 했는데 잊어버리다니, 나는 충격 받았어."

후시미는 삐진 듯이 입술을 삐죽댔다.

"그러니까, 미안하다고."

"아니, 됐어. 미안해, 심술을 부려서. 시간이 꽤 많이 지났으니까 잊어버리는 것도 어쩔 수 없겠지만, 나는 료 군하고 손가락 걸고 약속한 내용을 전부 메모해 뒀어."

"진짜로?"

그러고 보니 후시미가 자주 무언가를 메모하던 게 기억났다.

"'그럼 나도 그렇게 해야지' 하면서 료 군도 메모했거든?"

"진짜로?"

"진짜야, 완전 진짜."

이야기를 듣고 보니 뭔가 적었던 것 같기도 하다.

"아니, 그 메모를 보여주면 되는 거 아니야? 내가 할 수 있는 거라면 노력할게."

"할 수 있는 거——? 노력해——?"

퍼엉. 후시미의 얼굴이 단숨에 빨개졌다.

"아, 아, 안 돼! 저기……, 메모 말고, 말이야, 쓸데없는 것들을 잔뜩 적어버려서 창피해."

"흐음, 그렇구나."

흑역사 같은 메모장인가?

그러던 와중에 어느새 후시미네 집에 도착했다.

"오늘 고마워. 내일 보자."

"응. 그래."

나는 손을 흔드는 후시미에게 손을 흔들어주고 등을 돌렸다.

나도 메모를 했던 것 같으니까 찾아보면 나오, 려나……?

⑦ 약속의 조각

후시미를 집까지 바래다 주고 집으로 돌아와 보니 마나와 어머니가 돌아와 있었다.

부엌에서 저녁 식사 준비를 하는 마나와 환풍기 밑에서 담배를 피우는 어머니.

"어서 와."

"아, 응, 다녀왔어."

"오빠야, 오늘은 카레니까 조금만 기다려!"

그래~, 나는 그렇게 적당히 대답하고 거실 소파에 누웠다.

어머니는 간호사라서 바쁘기 때문에 집안일은 거의 마나가 맡아서 한다. 어머니는 집에서는 아버지와 같은 역할이라 아침에 이불을 걷으면서 깨우지도 않고, 요리를 해주는 경우도 별로 없다.

"저기, 마마, 오빠야가 오늘 히나하고 같이 집에 가더라?"

"호오~."

담배를 물고 있던 어머니가 싱글거렸다.

장난칠 게 생각난 중학생 같았다.

"야, 엄마한테 쓸데없는 말 하지 마."

이쪽을 돌아본 마나가 메롱, 혀를 내밀었다.

얼른 화제를 바꿔야겠다.

"내가 초등학교 때 쓰던 노트 같은 거 아직 있어?"

내 기억으로는 어딘가에 넣어두었을 텐데.

후시미는 메모장에 약속한 걸 적었다고 했는데, 나는 그런 메모장을 준비한 기억이 없다.

만약에 적었다면 과목별로 쓰던 노트일 것이다.

"아, 그거라면 벽장에 몇 권 넣어두었을 거다."

그렇게 말하며 담배를 끈 어머니가 방에서 나갔다. 따라가 보니 전통식 방의 벽장 문을 열었다.

어머니는 머리를 들이대고 부스럭거리며 찾기 시작했다.

"이쪽에, 아마……, 있네."

'료'라고 적혀 있는 골판지 상자가 나왔다.

"이건 왜?"

"아니……, 딱히……, 그냥."

말꼬리를 흐리며 골판지 상자 안을 찾아보았다.

"가르쳐줘도 되잖아, 료 군~."

어머니가 내 목에 팔을 두르고 볼을 쿡쿡 찔러댔다.

"진짜, 그만하라고."

아하하, 하고 웃는 어머니.

뭐라고 해야 하나, 분위기가 친구 녀석 같단 말이지.

일을 시작하자마자 아버지와 속도위반 결혼을 한 어머니는 젊은 나이에 나를 낳았다. 그래서 아직 40대 정도고, 다른 집 어머니와 비교하면 젊다. 우리 남매가 어렸을 때 아버지를 사고로 여읜 뒤로 우리 집의 아버지는 어머니가 되었다.

"히나하고 사귀거나 그런 거야? 같이 집에 간다는 건 그런 뜻이지?"

"그럴 리가 없잖아."

"그래? 직접 본 마나가 조금 기분 나쁜 것 같길래 '이거 그냥 같이 간 게 아닌 것 같은데?'라고 여자의 감이 발동했는데 말이지."

"이상한 레이더를 작동시키지 마. 완전히 빗나갔으니까."

후시미의 인기를 모르니까 그런 말도 가볍게 할 수 있는 거겠지.

반의 중심인 것도 아니고 클럽활동에서 빛나는 것도 아닌, 그렇게 수수한 나를 좋아할 리가 없다.

"아니구나~. 예전에는 그렇게 사이가 좋았는데 말이지~. '히나, 료 군하고 결혼할 거야!'라고 일부러 내게 선언하러 오기도 했거든?"

"그런 적도 있었던 것 같기도 하고……?"

"지금도 꽤 귀엽지만, 그때는 진짜로 천사였지, 히나."

나는 전혀 기억이 안 나는데.

골판지 상자 안을 찾다 보니 연습장을 발견했다. 초등학교 5학년 때 쓰던 거였다. 서투른 그림과 적당한 낙서가 대부분이었고, 후시미와 한 약속 메모는 보이지 않았다.

"……어라?"

노트 일부분이 찢겨 나간 것처럼 부자연스럽게 뜯어진 페이지가 있었다.

이게 뭐지.

고개를 갸웃거리고 있자니 카레 냄새가 풍기기 시작했다.

"마나는 착하게 자랐지. 갸루지만. 마나하고 결혼하렴."

"남매라고."

"하하하. 그렇긴 하네."

부엌 쪽에서 '마마~? 도와줘~!'라고 외치는 목소리가 들렸다.

그래, 그래, 그렇게 말하며 일어선 어머니는 전통식 방에서 나갔다.

"약속 메모, 약속 메모……."

다른 노트를 확인하고 있자니 초등학교 6학년 때 쓰던 산수 노트에 그럴싸한 메모가 적혀 있었다.

『고등학생이 되면 히나하고 첫 뽀뽀를 한다.』

끄아아아아아아아아아아아아아아아아악?!

이, 이, 이게 대체 뭐야!

계산식과 숫자가 잔뜩 있는 와중에 그것이 덩그러니 적혀 있었다.

"내가 대체 뭘 적은 거야!"

나는 다다미 위를 굴러다녔다.

그, 글자로 보니까 더 창피하네!!

그런데, 이거 같은데……?!

후시미가 말했던 건 마지막으로 집에 왔던 게 초등학교 6학년 때라는 내용이었다. 노트의 날짜는 2월 15일.

밸런타인 데이 다음날이다.

그때 약속을…… 이 창피해서 죽을 것 같은 약속을 해버린 것 아닐까.

후시미는 오늘 중간에 말을 끊었다.

'6학년 때……'라고 한 다음 얼굴을 붉혔다.

그다음에 이어질 말은 밸런타인 데이…… 아니었을까.

내용이 내용이니만큼, 제3자라면 모를까 내게는 가르쳐줄 수가 없겠지.

어째서 중학생이 아니라 고등학생일까. 그런 조건을 내가 먼저 제안할 것 같지도 않다.

그러니까 아마 이건 후시미가 제안한 설정일 테고, 나는 딱히 생각 없이 받아들인 게 이 약속일 것이다.

첫 뽀뽀라니, 너, 이 애늙은이 녀석……!

드라마 같은 걸 보고 영향을 받은 건가?

그걸 감안하니 주스를 가지고 방으로 돌아왔을 때 보여준 태도도 짐작이 된다.

나쁜 남자라면 유혹한다고 생각하고 덮칠지도 모르는 느낌으로 침대에서 기다렸고…….

"자, 자는 사람에게 키스 같은 건 못하지! 바, 바보 아냐?"

나는 노트를 골판지 상자 안에 던져넣었다.

"오빠야, 아까부터 왜 그렇게 떠들고 있어? 키스라니, 그게 무슨 소리야?"

어느새 교복에 앞치마를 입은 마나가 팔짱을 끼고 서 있었다.

"키, 키스…………, 가 아니라 스키야키……, 스키야키가 먹고 싶어서……."

"오빠야가 카레를 먹고 싶다고 했잖아. 갑자기 스키야키는 왜."

마나의 눈빛이 꽤 싸늘하다.

"……네."

"멋대로 감자칩 먹었지? 밥 먹을 수 있어?"

"죄송합니다…… 괜찮아요, 먹을 수 있습니다."

"그리고…… 싱크대에 컵이 두 개 있던데, 그건 뭐야?"

와, 완전히 열받았다. 갸, 갸루 무서워어어어!

"……."

아니, 왜 내가 혼나고 있는 거지?!

감자칩을 멋대로 먹어서 그런가? 그걸 먹어서 밥을 못 먹을 것 같으니까?

아니면 '누군가'를 집에 들여서——?

마나가 찌릿, 나를 노려본다.

"좀 발끈하는 일이 오늘은 잔뜩 겹쳤어."

아, 전부? 패가 완성됐나요?

"마나, 나는 아무것도——."

"스키야키라도 먹지 그래?"

마나는 내게 앞차기를 날리려 했지만, 그걸 제대로 받아냈다.

나도 말이지, 오빠의 오기라는 게 있다고——!

"꺄악?! 이, 이거 놔!"

"놓으면 찰 거지?! 그렇게 치마를 짧게 줄이면——."

"딱히 상관없잖아!"

그러니까, 그, 팬티가 보이니까……, 이 파렴치한 갸루 녀석!

마나가 돌아오지 않아서 수상쩍게 여긴 어머니가 왔고, 우리는 둘 다 혼났다.

거실로 가서 꿰다놓은 보릿자루처럼 얌전히 저녁 식사를 했다.

"카레, 맛있네."

"······당연하지."

마나는 약간 기쁜 듯한 표정을 지었다.

⑧ 사고

아침이 되면 휴대폰 알람으로 깨어나서 마나가 차려준 갸루밥을 먹는다.

내가 멋대로 그렇게 말할 뿐, 토스트와 달걀 프라이, 그리고 샐러드인 매우 평범한 아침 식사다.

참고로 어머니는 야근하고 온 모양이라 아직 수면 중이다.

"오빠야, 지각한다~?"

이른 아침부터 갸루 화장을 제대로 한 마나가 재촉했다.

중학생은 좋겠다. 가까우니까 아직 여유도 있고.

멍하게 토스트를 우유에 먹고 있자니 '정말, 진짜로 지각한다니까!' 하며 나를 걱정해주는 착한 여동생 갸루.

그래, 그래. 나는 그렇게 말하며 가방을 들고 집을 나섰다.

"료 군, 안녕."

거기에는 봄 햇살처럼 따스한 미소를 짓고 있는 후시미가 있었다.

"……아, 안녕. 우리 집에 무슨 볼일 있어? 아, 뭐 두고 갔나?"

고개를 갸웃거리고 있자니 후후후, 그렇게 후시미가 살짝 웃었다.

"아니야. 학교, 같이 가자."

"어? 그래. 어……."

왜? 어째서? 의문이 잔뜩 들긴 하지만 시간이 다 되었기 때문에 서둘러 역으로 가기로 했다.

항상 데려다주던 아저씨하고 오늘도 시간이 안 맞았다거나 그런 건가?

성추행당할 뻔한 게 트라우마가 되어서 전철을 타기 껄끄럽다는 건가?

"후시미, 모를 수도 있어서 말해두는 건데, 이 세상에는 여성 전용칸이라는 게 있거든. 그걸 타면 성추행당할 걱정은 없어."

"후후. 나도 그런 건 알아."

그럼 왜……?

"어제 올 때도 그랬지만, 료 군을 보디가드 대신 써먹을 생각은 안 해."

그렇다면 더욱 신경 쓰인다. 나하고 같이 갈 이유가 없잖아?

"그리고."

후시미는 그렇게 이야기를 이어나갔다.

"여성 전용칸에는 료 군이 못 타잖아?"

"응. 남자니까."

"그럼 안 되지. 따로 가야 하니까. '같이 간다'는 느낌이 안 들잖아."

무슨 의도인지 알 수가 없어서 나는 '응, 아, 그래……'라고 애매하게 대답했다.

눈치가 없는 내게 후시미가 어깨를 부딪쳤다.

"같이 학교에 가고 싶다는 이유만으로는 안 되나요?"

방긋 웃으며 물어보는 후시미. 아침부터 그 표정은 치사하지…….

생각한 건 최대한 표정에 드러나지 않게끔 했다.

"뭐, 뭐, 상관없긴 한데."

"다행이네. 후후. 료 군, 기뻐 보여."

어떻게 안 거야. 숨기고 있던 게 들키다니, 제일 촌스러운 패턴인데…….

보아하니 후시미는 전형적인 '소꿉친구'가 하는 행동을 하고 싶은 모양이다.

개찰구를 지나서 도착한 학교행 전철을 탔다. 오늘도 사람이 꽤 많이 타서 승차율이 꽤 높다.

완전히 꽉 들어찬 건 아니었지만, 답답한 상태라는 건 분명했다.

'끄으……', 아침 전철에서 어떻게 해야 하는지 모르는 후시미가 사람들 속에서 끙끙대고 있었다.

사회인 누님과 회사원에게 짓눌리려 하고 있었기에 비교적 공간이 있는 내 쪽으로 손을 잡아 인파 속에서 빼냈다.

"고, 고마워…… 납작해지는 줄 알았어……."

"별말씀을."

사람들을 등지고 후시미가 눌리지 않게끔 두 손을 문에 대어 공간을 확보했다.

"료 군이 더블로 벽치기를 하고 있네."

"어쩔 수 없잖아. 그냥 참아."

"아니. 농담이야. 고마워."

얼굴이 가깝다. 계속 정면을 보고 있을 수가 없어서 나는 고개를 돌렸다. 그건 그렇고, 좋은 냄새가 난다. 깨끗한 샴푸 향기다.

나는 수행승처럼 마음을 무로 만들고 이제 두 정거장…… 이제 두 정거장…… 그렇게 머릿속으로 염불하듯이 중얼거렸다.

창문 밖이라도 보고 있나 신경 쓰여 정면을 돌아본 것과 동시에 전철이 크게 흔들렸다.

그 때문에 그녀와 내 얼굴이 가까워졌고, 부딪혔다.

어, 어라? 방금 닿았나? 닿았지……?

한순간이라서 전혀 알 수가 없지만, 방금 그건 착각이——.

"~~~~윽!"

후시미가 얼굴을 새빨갛게 물들인 채 입을 V자로 다물고 있었다.

눈을 깜빡이는 횟수가 장난 아닌데! 동요한 거구나, 그렇지?

아까 부딪힌 건 착각이 아닌 거지?!

제일 경계하고 있던 치한이 바로 옆에 있던 나라는 결말인가!

사태를 이해하니 나도 얼굴이 뜨거워지기 시작했다.

"미, 미안해! 저기, 방금 그건 일부러 그런 게 아니라——."

"료, 료군…… 뽀뽀, 하지 마…….."

"안 했어. 안 했어. 그런데 어디에 닿았어?"

"여…… 여기……."

눈 아래……, 광대뼈 쪽을 손가락으로 가리켰다.

"지, 진짜아…… 창피하잖아아…….."

당분이 포함되어 있을 것 같은 목소리를 내며 툭, 후시미가 머리를 내 가슴에 기댔다.

"미안해."

그렇게 사과하면서 머리를 몇 번 쓰다듬었다.

"괘, 괜찮아…… 용서해 줄게……."

조용한 목소리가 돌아왔다. 가슴에 머리를 가져다 대고 있는 후시미의 귀는 아직 빨갰다.

가장 가까운 역에 도착했다는 안내 방송이 나오고 전철이 멈췄다.

우글우글, 같은 교복을 입은 학생들이 내리기 시작했다. 우리를 보고 신기해하는 눈초리를 보내는 사람도 있었다.

고개를 숙이고 있어서 후시미 히나라는 걸 알아보진 못했을 것이다.

다들 내린 걸 보고 후시미에게 말을 걸었다.

"슬슬 가자."

그러자 내게서 떨어지려 하지 않는 자그마한 머리가 살짝 움직였다. 하늘하늘, 머리카락이 흔들렸다.

고개를 젓고 있는 모양이다.

"어…… 그래도 지각할 텐데."

후시미는 응, 하고 고개를 끄덕였다. 그리고 내리자고 재촉하는 내 소매를 꼬옥 잡았다.

"……더, 같이 타고 싶어."

안내 방송이 흘러나왔고, 전철 문이 푸슉, 소리를 내며 닫혔다.

⑨ 상습범 군과 성실이

땡땡이는 자주 치곤 했기 때문에 후시미가 더 같이 타자고 해도 껄끄럽지는 않았다.

좀 전까지 그렇게 많이 있던 같은 학교 학생들은 지금 나와 후시미만 남아버렸다.

마침 빈 자리에 우리는 나란히 앉았다.

"……어, 어쩌지, 내가 료 군을 나쁜 길로……."

"나쁜 길이라니, 호들갑 떨기는."

아으으, 하며 울상을 짓는 후시미를 보고 나는 살짝 웃었다.

어디로 갈 건지, 어디까지 갈 건지 잘 모르겠고, 아마 물어봐도 확실한 대답이 돌아오진 않을 것이다.

내가 기억하는 한, 후시미가 지각을 하거나 학교를 쉰 적은 없었던 것 같다.

"땡땡이는 꽤 많이 치니까, 신경 쓰지 마."

"나도 알아."

한 정거장, 두 정거장, 전철은 학교에서 가장 가까운 역에서 점점 멀어지기 시작했다.

"이럴 생각은 아니었는데."

후시미는 미안하다며 계속 사과했다. 그럴 때마다 나는 괜찮다고 대답했다.

"나는 그렇다 치더라도 후시미가 아무런 연락도 없이 지각하면 시끄러워지지 않을까?"

"으으……, 그럴지도 모르겠네."

"배가 아프다고 해야지……"

그녀가 옆에서 조용히 그렇게 말했다.

정말 흔해 빠진 이유구나.

휴대폰에 등록해둔 학교 전화번호를 찾아서 후시미에게 가르쳐 주었다.

"왜 학교 번호를 등록해둔 거야?"

"언제든 땡땡이를 치고 적당히 둘러대기 위해서지."

"와아, 료 군, 어느새 불량학생이……."

"이 정도는 애교잖아."

전화를 걸기 위해서 일단 전철을 내렸다.

종점을 한 정거장 앞둔 역이었다.

역 건물 안에서 전화를 걸려고 하는 후시미에게 '이봐, 이봐, 거기서 전화를 걸면 안내 방송이 들릴 거야'라고 주의를 준 다음 화장실을 추천해 주었다.

"아, 그렇구나! 땡땡이치는 게 익숙하네~."

"뭐, 그렇지."

전화를 마친 후시미는 5분 정도 뒤에 화장실에서 돌아왔다.

"사무원분? 이 받으셨고, 와카타베 선생님한테 바꿔줬는데——."

그냥 쉽사리 넘어간 건지 이유는 물어보지 않았다고 한다.

"그래, 그래~ 라고 하기만 했어."

"나였으면 끝까지 캐물었을 텐데…… 1학년 때는 그랬는데……."

"신용등급이라는 건가?"

"젠장……."

아하하, 후시미가 웃었다.

"모처럼 나왔는데 이 근처를 좀 돌아다녀 볼래?"

그렇게 제안받았기에 역을 나와서 거리를 돌아다니기로 했다.

종점이 산기슭 근처라 그런지 이 역 근처에는 건물이 별로 없고, 보이는 차는 로터리에 세워둔 택시 몇 대뿐이었다.

후시미가 가는 대로 따라가며 산책을 즐겼다.

경찰에게 잡히지 않을까 걱정했지만, 기우로 끝났다.

경찰은커녕, 사람 자체가 별로 없다.

"아. 바다 냄새."

코끝에 달라붙는 소금 냄새가 났다.

"어, 바다? 근처에 있어?"

"그럴지도 모르지."

적당히 걸어가다 보니 차가 많이 다니는 국도가 나왔고, 그 안쪽에 방풍림이 있었다.

나무 사이로는 하얀 모래사장과 남색 바다가 보였다.

"바, 바다──!!"

"목소리 크네?!"

마치 눈을 본 강아지처럼 후시미가 들떴다.

"저, 저, 저거 봐! 료 군!"

"진정하라니까."

"오, 오랜만이라서 왠지 신나네!"

후시미가 신이 나서 뛰어가기 시작했고, '자, 잠깐만' 하면서 나도 쫓아갔다.

횡단보도를 건너 방풍림을 지나 모래사장으로 나갔다.

"와아……!"

처음 온 것도 아닐 텐데 후시미가 감격해서 눈을 반짝이고 있었다.

바람에 나부끼는 머리카락을 누르며 사박사박, 파도치는 쪽으로 걸어갔다.

바다에 처음 온 것도 아니고, 나와 함께 바다에 온 것도 처음은 아니다.

초등학교 여름방학 때, 바다에서 놀았던 게 생각났다.

우산 모양을 그린 후시미가 내 이름을 쓰라고 했기에 내가 이름을 쓰자 후시미가 부끄러워하면서 반대쪽에 자기 이름을 쓴 게 생각났다.

『료♡히나』

지금 생각해보니 진짜 창피한 짓을…….

시간은 오전 9시 반. 다들 1교시 수업을 듣고 있겠지.

"으아――."

돌풍이 불어오자 앞에 있던 후시미가 치마를 눌렀다.

나는 교복 윗도리를 벗어서 후시미에게 건넸다.

"이거, 허리에 감아. 나도 어딜 봐야 할지 곤란하니까."

"주름져버릴 텐데?"

"괜찮아, 그 정도는."

"……응. 고마워."

후시미는 마나가 가디건을 감는 것처럼, 소매를 묶어서 윗도리를 허리에 감았다.

그리고 떨어져 있던 나무 막대기를 주워서 모래사장에 뭔가 적었다.

『좋아해?』

그녀가 슬쩍 나를 돌아보았다.

"응. 뭐, 그럴 것 같더라."

"어──."

그녀는 움찔, 어깨를 한 번 들썩이고는 수줍어하며 웃었다.

"여, 역시, 들켰었……?"

"그렇게 신이 나면 누구든지 알 수 있지."

"어?"

후시미의 표정이 진지해졌다.

"바다, 좋아하지?"

"……어?"

표정이 완전히 어두워졌다.

"바다 이야기 아니──"

"아니야."

토라진 표정으로 바뀌었다.

그리고 이번에는 창피해졌는지, 후시미는 볼을 붉히고 있었다.

학교에서는 보여주지 않는 표정이 다양하게 바뀌어간다.

"……진짜, ……바보."

그녀는 화난 것 같기도 하고 쑥스러워하는 것 같기도 한 표정으로 나를 빤히 올려다보았다.

나를 좋아한다고? ——그렇게 물어볼 수는 없다.

착각한 거라든가, 또는 사실 연애에 대해 상담하려는 거라든가. 가능성은 이것저것 있다.

만약에 그런 거라면 왜 나지?

후시미는 학교에서 제일 인기 있는 여자애다.

나하고는 그냥 소꿉친구. 나를 선택할 이유는 그것밖에 없다.

좀 더 괜찮은 녀석이, 고백한 녀석 중에는 잔뜩 있을 것이다.

"저기, 누구일 것 같아?"

그녀는 장난기 어린 표정을 지으며 오히려 내게 물었다.

"젊은 훈남 배우의 애칭이 료 군이라든가, 그런 느낌?"

내가 한 말은 완전히 빗나갔는지 후시미는 한순간 진지한 표정을 짓고는 눈을 흘겼다.

"응, 맞아, 맞아."

목소리에 감정이 없는데.

만화나 애니메이션에 나오는 소꿉친구가 '료 군을 좋아해'라고 하는 거라면 이해가 된다.

그런 관계는 보통 둘 다 항상 함께 지낸 거니까.

하지만 우리는 중학생 때부터 고등학생인 지금까지 이야기를 별로 하지도 않았다.

아침에 깨워주지도 않았고, 함께 등하교를 하지도 않았고, 가족들끼리 만나지도 않았다.

마음을 가라앉히기 위해 나는 마침 발견한 돌계단에 앉았다.

타박타박, 내 뒤를 따라온 후시미도 내 옆에 앉았다.

그리고 양쪽 다리를 끌어안고 웅크렸다. 가녀린 몸이 더 작아졌다.

그녀가 내 시선에서 벗어나려는 듯이 양쪽 무릎 안에 얼굴을 파묻었다.

"갸루를 좋아하는 료 군."

"그러니까 오해라고."

몇 번을 말해야 이해할 건데.

"있지, 모를 수도 있겠지만 저, 사실 인기가 많거든요."

"그런 건 나도 알아."

역시 자각하고 있긴 했구나. 횟수가 횟수라서 그런가?

"내가 누군가에게 고백받았다는 걸 알고도 아무런 생각도 안 들어?"

"뭔가 생각이 들긴 했지."

그런 부분에 대해 어떤 느낌이 드는 경우가 많았다.

뜻밖이라는 듯이 후시미의 눈썹이 움직였다.

"정말로?"

"정말로. 후시미가 누구와 사귄다는 건 왠지 모르겠지만 상상이 안 되고, 사례가 많으니까 몇 명이 고백하더라도 또 찰 것 같아서."

"그게 다야?"

"익숙해진 뒤로는 말이지. 익숙해질 때까지는……."

예전 일을 떠올리는 듯이 하늘을 바라보았다.

언제부터 그렇게 익숙해진 건지는 모르겠지만, 익숙해지기 전이면 중학교 1, 2학년 때인가?

"익숙해지기 전까지는 답답했지. 어차피 얼굴이 예쁘게 생겼다거나, 귀엽다거나, 그렇게 얄팍한 이유로 좋아하게 되어서 고백했을 것 같아서."

남자 중학생이 여자애를 좋아하게 되는 데는 얼굴이나 외모가 더할 나위 없이 충분한 이유가 될 것 같다. 지금은 그런 생각이 든다.

"응, 뭐, 얄팍하긴 했지. 한 번도 이야기해 본 적이 없는데 좋아한다고 하니까. 나는 네 얼굴하고 이름 정도밖에 모르지만——, 그런 패턴이 정말 많았어. 연예인을 좋아한다고 하는 거하고 비슷한 감각인가 싶었고."

무슨 말을 하려는 건지는 알겠다.

뭐, 이야기를 해본 적이 없는 녀석이 호의가 있다고 하면서 예스냐 노냐를 강요하면 대부분 후자를 선택할 것이다.

"이 녀석이고 저 녀석이고 다들 후시미에게 차이니까 밑져야 본전으로 말해볼까——, 하는 분위기가 남자들 중에 있었지."

후시미에게 고백하는 것에 대한 심리적인 허들은 꽤 낮았던 것 같다.

"응, 얄팍해. 정말로 얄팍해. 진지하게 마음을 털어놓는 거라면 나도 진지하게 생각하겠지만, 반쯤 장난으로 고백해도…… 성의도 안 보이고 서로 잘 알지도 못하는데 예스라고 할 리가 없잖아."

후시미가 남자를 찬 이유는 들으면 들을수록 그럴싸했다.

모두가 그런 건 아니겠지만, 그런 녀석이 많았던 모양이다.

"아까, 답답했다고 했지? 이유가 뭐야?"

"뭘까."

"혹시——, 질투했다거나?"

"그럴 리가…………."

그럴 리가……, 없나?

Illustrations copyright © Fly

"히나를 다른 남자에게 뺏겨버릴지도 몰라아, 답답해애…… 그런 식으로."

"나는 그렇게 흐느적거리지 않거든."

그래도 답답했던 마음은 분명히 있었지…….

소꿉친구에게 애인이 생길지도 모른다는 약간 쓸쓸한 마음에서 생겨난 기분인가?

아니면……, 라이크라는 감정에서 오는 게 아니라──, ……아니, 아니아니아니…….

"후후후. 엄청 생각하네."

"라이크인지 러브인지는 모르겠지만…… 질투했던 거겠지, 분명히."

본인 앞에서 소리 내어 말하는 건 꽤 부끄러웠다. 하지만 방금 한 말은 분명 사실일 것이다.

후시미가 나를 들여다보듯이 바라보고 있었다.

"……달라붙어도, 돼?"

낯익은 얼굴이라고는 해도 귀여운 건 귀여운 법이다.

마음속으로 피를 토할 뻔하면서도 나는 태연한 척했다.

"응. 그래도 돼."

"그럼……."

그녀가 약간 거리를 좁히고 어깨를 붙였다.

헤헤헤, 하고 얼굴이 화악 풀려 있었다.

"너무 실실거리네."

"료 군도 얼굴 풀어졌어."

나도?

두 손으로 세수를 하듯 슥슥 문질렀다.

"······나, 점점 나쁜 아이가 되어가는 것 같아."

"무슨 소리야?"

"······오늘은 이대로 학교에 안 가고 둘이서 있고 싶다고 생각해버렸어."

"가끔은 나쁜 아이가 되어도 괜찮잖아."

"응. 그럼 오늘만은 그렇게 할래."

우리는 그대로 학교를 땡땡이치기로 했다.

⑪ 갸루를 좋아한다는 발언의 공적과 죄

　바다를 바라본 다음에는 점심 식사를 편의점에서 적당히 때우고 정처 없이 그냥 걸어다녔다.

　거리에는 패밀리 레스토랑이나 패스트푸드점도 없고 민가와 작은 상점만 길가에 늘어서 있었다.

　차도 사람들도 별로 없이 조용했기에 적당히 잡담을 하기에는 딱 좋았다.

　"약속, 거의 기억이 안 나는데, 한 가지 알아낸 게 있어."

　"정말? 뭔데, 어떤 거?"

　후시미가 기뻐하며 눈을 반짝였다.

　"고등학생이 되면 첫 뽀뽀를 한다는 거."

　"하윽."

　깜짝 놀라 굳어버린 후시미.

　"치, 치명적인 걸 떠올렸구나……."

　"떠올렸다기보단 메모가 남아있었거든. 그래서 방에서 그랬던 게 이해가 된다고 해야 하나."

　"들키고 나니 꽤 창피한데……."

　내가 쓴웃음을 짓고 있자니 중얼중얼, 작은 목소리가 들렸다.

　"그, 그런데, 처……, 처, 첫 뽀뽀는, 아, 아직, 안 하셨나요……?"

　그녀는 띄엄띄엄 말하며 쑥스러운 듯이 이쪽을 보았다.

왜 존댓말인데.

후시미는 껄끄러운 말을 하거나 물어볼 때는 꼭 존댓말을 하지.

"……아직 안 했어."

대답하는 쪽도 쑥스럽다.

"어, 어차피 아직 안 했다고. 알지? 대충 반에서 분위기를 보면."

"그런 건 몰라. 일단, 일단 확인하는 거니까. 아, 아, 안 그러면! 약속을 어긴 거니까, 확인! 혹시 몰라서, 확인!"

후시미는 허둥대며 두 손을 마구 저어댔다.

그러고 보니 후시미는 모두의 고백을 받아들이지 않았다.

혹시 이미 사귀던 사람이 있었으니까?

만약에 그렇다면 전부 이해가 된다.

누구에게도 소문이 나지 않게끔, 마치 주간지 기자로부터 도망치는 연예인처럼 남몰래 만나고 있어서──.

"그래도 다행이네. 나도……, 저기, 아직, 안 했으니까……."

조용히 고백하는 목소리가 들렸기에 나는 다시 돌아보았다.

"거짓말이지?"

"거짓말 아니야. 거짓말해서 뭐하게."

나도 모르게 시선이 입술에 쏠렸다.

얇고 부드러워 보이는 입술은 오늘도 약간 촉촉해져 있다.

"뜻밖, 이었어?"

"……."

이 입술은 아직 누구와도…….

"……저기?"

약속을 계속 지킨다면…… 내…… 가, 처음?

"저기!"

"으어어어어?! ——어, 뭐야?"

이런, 너무 입술만 봐버렸네.

나는 고개를 마구 흔들었다.

"다른 사람들이 뒤에서 내 이야기를 이것저것 하니까, 료 군도 그 이야기를 믿어버렸나 해서."

"아, 그런 뜻이구나……."

인기가 있는 녀석들은 그것만으로 고생하는 모양이다.

나도 그 고생을 한 번이라도 해보고 싶긴 하다.

"믿진 않는데, 후시미는 학교에서 완벽하잖아. 꾸며낸 모습이라고 해야 하나. 공부도 잘하고, 운동도 잘하고, 모두에게 잘 대해주고. 그만큼 진짜 표정이 보이지 않는다고 해야 하나, 무슨 생각을 하고 있는지 모르겠다고 해야 하나. 그러니까 뭔가 숨기고 있는 것 같다는 생각도 이해가 되거든."

"줏대가 없다는 건 자각하고 있어."

"학교에서도 나하고 함께 있을 때 같은 분위기로 지내면 다른 사람들하고도 함께 지내기 편해질지도 모르지."

친구가 별로 없는 내가 그런 말을 해봤자 설득력이 없나?

후시미는 발끝을 내려다보며 다시 작은 목소리로 말했다.

"아니, 그건……, 료 군이 특별하니까……."

왜 그렇게 살상 능력이 뛰어난 말을 하는 거야.

"왜 그래?"

본인은 전혀 자각하지 못하는 것 같지만.

일단 화제를 바꾸어보기로 했다.

"중학교 1학년 여름방학이 끝나고 옷 같은 걸 화려하게 입었지. 화장도 하게 되었고."

교복 치마도 엄청 짧아졌었다.

"아~. 정겹네. 그런 걸 용케 기억하고 있었구나?"

후시미와의 추억을 기억하고 있다──. 이 소꿉친구는 그것만으로도 기뻐해준다.

"아니, 엄청 위화감이 들었거든. 어울리기는 하는데 아이가 억지로 발돋움을 하는 것 같은 느낌이 들어서. 새 학기 기념으로 새롭게 데뷔했구나, 몰래 그런 생각을 했지."

"데뷔한 거 아니거든. 어울리지 않는다는 걸 자각해서 금방 그만뒀어."

사실 나는 갸루 같은 걸 좋아하지 않았기 때문에 더 위화감을 느꼈을 것이다.

"그때 어머니가 히나가 나쁜 친구들하고 어울리는 거 아니냐면서 걱정했어."

"나, 나도 알아…… 이웃까지 소문났다는 것 정도는……."

참고로 우리 여동생은 사소한 걸로도 이웃에게 엄청 칭찬을 받곤 한다.

갸루인데 인사를 했다.

갸루인데 자전거를 보관소에 제대로 세워두었다.

갸루인데 싹싹하다.

……사실 갸루가 엄청 이득을 보고 있는 건가?!

나도 똑같이 행동하는데, 이웃에게 칭찬받은 적이 없다.

"난 마나가 갸루가 된 게 료 군 때문인 것 같거든."

"뭐……?"

그 녀석, 이득을 보는 시스템을 눈치채고 있던 건가……?!

옆에서 후시미가 고개를 갸웃거리고 있다.

"뭔가 미묘하게 전달이 안 된 것 같은데……?"

이런저런 이야기를 하다 보니 한 정거장 거리를 걸어온 모양이었다.

오던 도중에 지나친 역이 바로 옆에 보였다.

"아직 낮이구나."

그치~, 하고 후시미가 맞장구를 쳤다. 이제 뭐 할까. 그런 이야기를 하고 있자니 주머니에 넣어두었던 휴대폰이 살짝 떨렸다. 어머니에게서 온 메시지였다.

『학교 땡땡이쳤지.』

……어떻게 안 거야. 집에도 없을 텐데.

『학교에서 연락이 왔어. 아무런 연락도 없이 안 온다고.』

아, 그랬지…… 특기인 꾀병 전화를 하는 걸 깜빡했다…….

『어떻게 된 거야?』

평소에는 이모티콘 같은 게 좀 들어간 밝은 메시지가 오는데, 오늘은 내용이 심각함 100퍼센트다.

땀을 줄줄 흘리는 나를 보고 의아했는지 후시미가 휴대폰을 슬쩍 들여다보았다.

"아이고~, 화가 많이 나셨네."

"뭐가 문제냐면, 모범생 갸루인 마나가 어머니의 지시를 받고 내 밥을 해주지 않게 된다는 거지."

"아뇨오."

왜 그런 반응을 보이는 거야? 쿵푸?

"가자, 학교."

"그, 그래. 오후라도 가기만 하면 일단 지각으로 처리될 테니까."

뭐, 땡땡이는 땡땡이지만.

"미안해. 내가 실수해서."

"아니야. 자리가 옆이니까 함께 있을 수 있는 건 마찬가지라는 걸 눈치채버렸어."

에헤헤. 후시미가 그렇게 쑥스러워하며 웃었다.

⑫ 서로 떠넘기는 분위기가 껄끄럽다

『오빠야, 아웃.』

한마디, 마나가 메시지를 보냈다.

내가 먼저 마나에게 변명 메시지를 입력하고 있을 때였다.

그 문장 뒤에는 X마크와 악귀 같은 이모티콘이 잔뜩 들어 있었다.

커헉……. 시, 실수해버렸다.

이건 진짜로 밥을 굶을 패턴인데……!

학교에 완전히 늦게 간 나와 후시미는 오후 2번째 수업을 받고 있었다.

담임 선생님의 과목인 영어 수업이었기 때문에 그냥 넘어갈 리가 없었다.

후시미는 그냥 넘어갔지만, 상습범인 나는 찍혀버린 모양이었다.

"타카모리, 지각했나? 언제 왔지?"

"저기, 좀 전에요……."

"연락 안 하는 건 상관없는데, 결국 곤란한 건 너거든~."

선생님은 그렇게 비꼬는 듯이 말한 다음 바로 미소를 지으며 수업을 시작했다.

그리고 바로 지금, 그렇게 비꼬아댄 게 몸에 사무치는 순간이었다.

옆에 있던 후시미가 책상을 붙였다.

그리고 완벽하게 꾸며낸 공주님 미소를 지었다.

"교과서를 두고 와서…… 좀 보여줄래?"

"그래."

하지만 나는 좀 전에 봤다.

영어 교과서를 책상 위로 꺼냈었지? 그리고 뭔가 생각났다는 듯이 서랍 속에 넣었지?

"다행이야, 료 군이 교과서를 가지고 와서."

내숭을 떠는 표정으로 뻔뻔하게 거짓말을 하는 후시미.

……좀 전에 자기가 그렇게 말하긴 했지만, 나쁜 아이가 되어버렸구나.

교과서를 가운데에 놓고 적당히 필기를 하면서 마나에게 사과하는 문자를 보냈다.

"왜 그래?"

"아니, 진짜로 밥을 굶게 될 가능성이……."

메시지를 보내자 바로 답장이 왔다.

『나한테 사과해봤자 소용없지 않을까?』

지당하십니다.

어머니에게 엎드려 빌 수밖에 없지.

보낼 내용을 생각하고 있자니.

"타카모리, 이 빈칸에 뭐가 들어갈까~?"

으엑, 지목당했네?!

"그게……."

이야기를 하나도 안 듣고 있었어——! 아니, 그걸 알고 시켰구나!

심술궂은 미소를 짓는 선생님. 저 사람은 분명히 S일 거야.

수업에 집중하지 않는 사람은 이렇게 된다고 본보기를 보여주려는 느낌이 팍팍 든다.

칠판을 봐도 교과서를 봐도, 전혀 모르겠다.

툭툭, 후시미가 책상을 살짝 두드렸다.

그리고 내 새하얀 노트에 뭔가 적었다.

『what』

슬쩍 보니 그녀가 고개를 살짝 끄덕였다.

"what, 입니다."

정답이었던 모양이다.

선생님이 망가진 장난감을 보는 것처럼 싸늘한 눈초리로 나를 바라보았다.

재미없네, 같은 생각을 하고 있을 것 같다.

"……그래. 이 문장 같은 경우에는──."

한순간 멈췄던 수업이 다시 시작되었고, 나는 한숨을 내쉬었다.

『땡큐~.』

『별말씀을.』

후시미는 의기양양하게 미소를 짓고 있었다.

『다음부터는 조심해야 한다?』

『나도 알아.』

『와카가 잘 보고 있구나.』

와카라는 건 지금 앞에서 수업하고 있는 와카타베 선생님이다.

나도 완전히 동감이다.

선생님은 그밖에도 자는 녀석, 주위 사람과 몰래 이야기를 하는 녀석, 수업을 안 듣는 녀석을 모조리 지적해나갔다.

작년부터 그러긴 했지만, 방심할 수가 없다.

오늘 배운 내용을 정리하는 의미로 받은 프린트 문제를 풀게 되었다.

……뭐, 적당히 채우기만 하면 되겠지.

후시미가 이쪽 책상으로 몸을 스윽 내밀었다.

몸이 가까워서 그런지 움직일 때마다 좋은 향기가 화악, 코끝에 맴돌았다.

"음, 거기는──."

"돼, 됐어. 괜찮다니까."

"어, 그래도……, 교과서만 제대로 보면 알 수 있는 문제니까."

그, 그래?

"교과서에서, 여기. 이 문장에 적혀 있는 대로──."

후시미는 꼼꼼하게 문제를 푸는 법을 가르쳐 주었다.

같은 수업을 듣는데 이해력에 이렇게 차이가 나다니…….

계속 같은 반에서 같은 수업을 들었을 텐데, 뭐가 어떻게 되어서 지금 이렇게 된 거지?

"이제 료 군도 괜찮을 거야."

"머리 좋구나, 후시미."

"에헤헤. 그렇지? 좀 더 칭찬해도 되거든?"

그렇게 말한 후시미가 쑥스러워하며 웃었다.

"다음 수업 홈룸 때 임원 정한다~? 아직 못 정한 곳은 우리 반

뿐이니까 다 끝날 때까지 집에 못 갈 줄 알아~."

수업이 끝날 때쯤, 선생님이 그렇게 말하며 나갔다.

어제 정할 시간이 있었지만 반장을 포함해서 아무것도 정하지 못했다.

반장을 비롯해서 미화위원이나 도서위원, 보건위원 등, 반에서 절반이 뭔가 맡게 된다.

이 절반이라는 게 골치 아파서, 아무도 그런 귀찮은 일을 하고 싶어 하지 않으니 작년에는 제비뽑기로 결정했다.

"료 군, 뭔가 할 거야?"

"안 하고 싶은데, 가능하면."

그렇지이, 하는 대답이 돌아왔다.

책상을 원래 위치로 되돌리자 학교 제일의 미소녀 주위를 여자 애들 몇 명이 둘러쌌다.

임원 이야기나 지각한 이유 같은 이야기를 하고 있었다.

인기 있는 사람은 여전히 힘든 것 같다.

종이 울리자 선생님이 돌아왔다.

선생님은 칠판에 탁탁탁, 임원들 직책을 적어나갔다.

전부 남녀 한 명씩이다.

선생님이 의자 등받이를 앞으로 돌리고 앉았다.

"다들 작년에는 어떻게 정했어? 제비뽑기? 아니, 제비뽑기는 말이지, 드라마가 없으니까 재미가 없단 말이지……."

드라마가 뭔데, 드라마가. 영문을 알 수가 없네…….

다들 나와 비슷하게 생각할 것이다.

"그렇지. 드라마…… 중요해……."

옆에 있는 소꿉친구는 힘차게 맞장구를 치고 있지만.

모두가 원하는 건 얼른 정하고 집에 가는 거겠지.

"반장부터. 스스로 지원해도 좋고 남을 추천해도 상관없다~."

『료 군, 뭔가 같이 해버릴까?』

예를 들어서, 후시미가 나를 반장으로 추천한다고 하자.

새삼 상상해보니 딱히 싫거나 힘들 것 같진 않았다.

누군가가 지명한다고 해서 고집스럽게 거부할 만한 이유도 없다.

"……그럼."

살짝 손을 들자 선생님이 깜짝 놀랐다.

"오, 오오오, 뜻밖이네! 땡땡이 왕자가! 설마!"

땡땡이 왕자라니. 뭐, 틀린 말은 아니니까 상관없지만.

"적당히 하겠지만요, 저라도 상관없다면."

"좋다! 자, 박수."

선생님이 신나게 말하며 솔선해서 박수를 쳤다. 교실 안에서 드문드문 박수 소리가 들렸다.

"료 군, 반장을 맡다니, 정말 뜻밖이야."

"누군가가 해야만 한다면, 내가 해도 될 것 같아서."

감탄한 듯이 눈을 깜빡이던 후시미는 뭔가 결심한 듯이 고개를 크게 끄덕였다.

"그럼 다음, 여자~, 반장 여자~."

좀 전까지는 조용했는데, 균형이 무너진 듯이 웅성거리기 시작했다.

"타카모리가 반장이라아…… 설마 했던 전개야. 좋아, 드라마라고~."

그렇게 30대 영어 선생님이 만족스러워하며 고개를 끄덕이고 있었다.

"저요.", "저요."

후시미가 손을 든 것과 동시에 누군가가 말을 꺼냈다.

"오오……, 후시미하고 토리고에……."

어? 토리고에?

"토리고에 양?"

후시미와 동시에 뒷자리를 돌아보았다.

내 런치메이트 토리고에가, 얌전한 표정으로 손을 들고 있었다.

⑬ 안전빵

후시미와 토리고에가 동시에 손을 들자 교실 안에 이상하게 웅성거리는 소리가 들렸다.

"""""오오오오……."""""

"과묵한 미녀와 공주님의 맞대결……."

"히, 힘내라, '사실은 미소녀설'이 있는 토리고에……!"

남자들이 그럴싸한 말을 속삭이고 있다.

그런 와중에 옆자리 소꿉친구는 결투하러 나서는 검사처럼 씩씩한 표정으로 손을 척, 들고 있다.

표정을 보니 양보할 기색이 없네…….

"어떻게 할래, 어떻게 할래? 토론을 벌일까? 가위바위보나 제비뽑기는 재미가 없겠지?"

드라마를 원하는 담임 선생님은 두 사람을 부추기려는 듯이 말했다.

어떻게 하려나. 그렇게 남일처럼 생각하면서 두 사람을 번갈아가며 봤더니.

"……후시미 양에게 양보할게요."

토리고에가 손을 슬쩍 내렸다.

흥흥, 코로 소리를 내고 있는 후시미. 얼굴에 '승리'라고 적혀 있는 것 같았다.

"아…… 그래? 그럼 반장은 타카모리하고 후시미다."

선생님이 그렇게 말하자 우리에게 주목이 쏠렸다. 그러자 흥흥거리던 후시미도 어느새 얌전하게 미소를 짓고 있었다.

표정이 전혀 다르다. 재주도 좋네, 후시미.

우리 두 사람이 앞으로 나가서 임원을 정하기 위해 사회를 보기 시작했다.

"후시미가 맡아준다면 나는 없어도 되겠군."

와카는 안심했다는 듯이 말했다. 나는? 이봐요, 나는??

'그럼 오늘 안으로 부탁할게' 하며 그녀는 교실에서 나갔다.

선생님이 나가자 분위기가 풀어졌다. 잡담이 드문드문 오가게 되었다.

"다음, 미화위원. 하고 싶은 사람 있나요?"

후시미가 진행해 나갔다. 나는 보조해준다. 그러는 게 더 잘 풀릴 것이다.

실제로 후시미의 영향력이 그렇게 만든 건지, 임원은 팍팍 정해졌다.

"유우토하고 임원도 같이……?"

"진짜, 어쩔 수 없지."

이런 식으로 커플이 임원을 맡게 되는 경우도 있었다.

"칫", "쳇", "칫", "칫——", "칫"

염장질하는 두 사람을 보고 교실 전체에서 혀를 차는 소리가 들렸다.

저런 식으로 대놓고 염장질을 하면 말이지…….

이러니까 인싸 그룹 커플은 안 돼.

"교실은 공공장소고……. 좋아한다는 이유로 같이 임원을 맡다니……."

정색하면서 고개를 흔들고 아무도 듣지 못하게끔 조용히 말했는데 옆에 있던 후시미는 들었던 모양이다.

……엄청 슬퍼 보이는 표정을 짓고 있네!

"그, 그렇지……. 그런 이유로 하면 안 되겠지……."

울먹울먹울먹울먹울먹울먹울먹.

왈칵, 당장에라도 눈에서 눈물이 흘러내릴 것 같다.

"왜 그래! 후시미! 다들 보고 있다고, 진정해~."

작은 목소리로 말하자 후시미는 주위 상황을 살폈다.

스르륵, 눈이 마르기 시작했다.

눈물이 참 빨리도 들어가네. 여배우냐?

참고로 '사실은 미소녀설'이 있는지 없는지 알 수가 없는 토리고에는 도서위원이 되었다.

어울린다. 응. 어울린다.

토리고에를 빤히 보았는데, 얼굴 인상이 희미하다.

아마 정면으로 마주 보고 이야기를 하거나 마주 앉아서 점심을 먹은 적이 없기 때문일 것이다.

보면 토리고에의 얼굴이라는 걸 인식할 수는 있지만, 집에 가서 떠올리라고 하면 시간이 좀 필요할 것 같다.

덜컹, 남자 한 명이 스포츠백을 들고 자리에서 일어났다.

"어디 가? 요시나가 군?"

후시미가 바로 말을 걸었다. 새로운 반이 된 지 아직 1주일도 안 되었는데, 용케도 얼굴하고 이름을 알고 있네.

"이제 끝났으니까 클럽활동 가도 되지?"

"어, 그래도 아직 수업 중이라……."

이 홈룸이 오늘 마지막 수업이다. 임원을 정하는 게 가장 큰 목적이었고, 담임 선생님인 와카도 이미 떠났다.

이제 10분 정도만 지나면 방과 후니까 조금 일찍 끝내도 되는 것 아닐까.

나도 그렇게 생각한다.

하지만 후시미는 그렇게 생각하지 않은 모양이었다.

"또 뭐 할 거 있어?"

"없긴, 한데……."

완고하고 성실하면서 융통성이 없는 건 여전한 것 같다.

"그럼 상관없잖아."

요시나가가 약간 짜증 내듯이 말하자 후시미가 입을 다물었다.

와카가 후시미에게 뒷일을 부탁한다고 했으니까.

후시미는 그렇게 떠맡은 상황이다.

선생님의 신뢰나 반장의 책임 같은 것들이 잔뜩 쌓여서 제대로 말을 꺼낼 수 없는 모양이었다.

"10분 정도만 자리에서 적당히 시간을 때워줘. 부탁할게."

내가 고개를 살짝 숙이자 교실이 조용해졌다.

어라…… 내가 무슨 이상한 소릴 했나……?

덜컹, 다시 의자를 당기는 소리가 들렸다.

"……알았어. 툴툴대서 미안하다."

털썩, 바닥에 가방을 내려놓은 요시나가가 다시 자리에 앉았다.

"고마워."

교실에 있던 사람들이 안심한 듯이 숨을 내쉬는 걸 알 수 있었다.

그리고 호기심 어린 시선이 내 쪽으로 쏠리고 있다…….

'이 녀석, 이런 말을 하는 캐릭터였구나'라고 말할 것 같다.

나도 그런 게 어울리는 캐릭터가 아니라는 건 알고 있다. 그래도 후시미가 곤란해하는 것 같으니까.

"료 군, 고마워."

"신경 쓰지 마."

후시미와 사이가 좋은 여자애…… 나하고도 같은 반이었던 쿠라노가 '저기~, 저기~' 하고 말했다.

"히나는 말이야, 타카모리 군하고 사이가 좋은 것 같은데──."

찌릿, 주로 남자들 쪽에서 살기 같은 게 뿜어져 나왔다.

새로운 반이 된 이후로 아무도 꺼내지 않았던 이 화제.

살기 어린 남자들뿐만이 아니라 여자들도 흥미진진한 것 같았다.

"아, 응. 소꿉친구니까."

그 정보를 모르는 사람들이 꽤 많았는지, 특히 남자들의 살기가 스르륵, 사라졌다.

"그래서 사이가 좋은 거구나."

"소꿉친구……."

"완전 청춘 같은 단어……."

"그래도…… 그거잖아."

"응, 그거야."

"""""이러쿵저러쿵해서 절대로 맺어지지 않는 패턴.""""""

듣고 있던 후시미가 쿡쿡 웃으며 장난기 어린 표정으로 물었다.

"그런 거야? 료 군."

"왜……, 왜 나한테 묻는 건데?"

왜일까~? 후시미는 그렇게 말하며 즐거운 듯이 미소를 짓고 있었다.

⑭ 호박밭

타카모리와 후시미는 소꿉친구──.

방과 후인데도 그 정보는 일제히 퍼져나갔다.

그 때문인지, 후시미와 내가 함께 집에 가는 것도 당연한 거라 여기게 된 모양이었다.

지금까지는 남자 녀석들이 '저 녀석은 뭐야?'라는 시선으로 보았지만, 소꿉친구라는 직책은 절대적인 효과가 있어서 나를 안전빵이라 인식하게 된 모양이었다.

'저 녀석은 소꿉친구니까 괜찮아', '우리 아이돌을 뺏기진 않을 걸' 하는 시선이 많아졌다.

게다가 장수를 잡으려면 말부터 쏘아야 한다고 생각한 건지 우선 나와 사이좋게 지내려는 녀석도 나타났다. 교실에서 건물 입구까지 오는 짧은 시간 동안에도.

"우리 학교 공주님의 영향력은 장난 아니네."

그럼 나는 공주님을 따르는 시종이라는 건가?

"어? 무슨 소리야?"

깜짝 놀라 고개를 갸웃거리는 후시미에게 나는 아무것도 아니라며 고개를 저었다.

학교를 나선 다음 집으로 돌아가기 시작했다.

"료 군, 요시나가 군을 말려줘서 정말 고마워."

"뭐야, 갑자기. 고맙다는 인사는 아까 들었는데."

"아니. 한 번 더 말할까 해서. 또 도움을 받아버렸네."

그렇게 대단한 일을 한 것도 아닌데.

"뭐, 운동부는 봄 대회가 얼마 안 남아서 예민할 거야. 그건 그렇고 여전히 장난 아니게 성실하구나, 후시미."

"어, 아니야. 그렇지 않아. 평범한 거야, 평범."

글쎄.

"그 눈초리는 뭐야……."

"나하고 마나, 후시미, 셋이서 쇼트케이크 하나를 나눠 먹은 적이 있었지. 예전에."

"그랬나?"

"세 조각으로 잘 나누지 못해서 엄청 울었고."

"──그, 그런 일이 있었나?"

후시미 히나의 흑역사 노트는 바로 나다. 크게 실수한 에피소드는 꽤 많이 기억하고 있다.

"있었지, 있었어. 딸기를 나눌 수가 없어~라고 하면서 나하고 마나가 정색할 정도로 울었거든."

"모, 몰라, 몰라! 그런 건 몰라!"

고개를 획 돌리고 모른다는 말만 하고 있다.

반응을 보니 처음부터 기억하고 있었거나 내 이야기를 듣고 떠올린 거겠네.

"바보 취급하는 건 아니야. 성실하다 싶어서."

"분명히 디스하는 거잖아……, 싱글거리고 있잖아……."

부끄러운 건지 화가 난 건지, 아니면 둘 다인지, 후시미는 얼굴을 붉히며 내게 눈을 흘겼다.

"……아니, 소중한 약속 같은 건 잊어버렸으면서 왜 그렇게 별 것 아닌 것만 기억하고 있는데!"

너무 놀려댔는지 뼈아픈 반격을 당했다.

그렇게 말하면 나도 할 말이 없어.

"약속은 몇 개나 돼?"

"그것도 몰라~? 진짜……, 번뇌하고 비슷한 정도."

"진짜로?"

100개가 넘는다고? 기억할 리가 없지…….

그나마 믿을 만한 건 약속 메모인데, 내가 메모를 한 곳은 초등학생 때 쓰던 노트다.

찾아보면 전용 노트가 나올지도 모르겠지만 지금은 짐작 가는 게 그것밖에 없다.

전철을 타고 가장 가까운 역에 도착하자 먼저 개찰구를 통과한 후시미가 팔랑, 치마를 나부끼며 돌아섰다.

"오늘은 역 앞에서 바이바이하자."

"그래, 응. 어디 들를 곳 있어?"

"어? 아, 저기, 응, 그런 느낌!"

대답이 애매하고 말꼬리를 흐린다.

표정이 왠지 어색하다.

"어디 가게?"

"어, 어디든 상관없잖아~."

수상하다……, 뭐, 숨기고 싶은 게 있다면 더 이상 캐묻지는 말자.

식은땀 같은 건 못 본 척하고, 우리는 역 앞에서 헤어졌다.

"오늘은 진짜, 진심으로 안 돼."

부엌에 있던 마나는 평소보다 더 쌀쌀맞았다.

"자자, 마나, 그래도 좀 부탁할게."

식칼을 든 손을 멈추고 어깨 너머로 나를 돌아본 마나.

손톱을 잔뜩 꾸며서 요리하기 힘들지 않냐고 저번에 물어보니 '질문이 초보스러워'라는 말을 들었다. 미안하다, 초보라서. 아니, 고수는 어떻게 물어보는데?

"안 되는 건 안 되는 거야. 마마가 엄하게 말했고. 땡땡이치고 뭐 했어?"

"……어. 그야……, 역을 지나쳐서……."

"지나쳤으면 돌아오면 되잖아. 바로 돌아왔으면 지각도 안 했을 텐데."

큭. 갸루 주제에 똑똑한데, 이 녀석.

후시미가 계속 함께 타고 싶다고 했다는 말은 할 수가 없다.

"왜 싱글거리는데."

"아, 안 그랬거든?"

하지만 오늘은 진짜로 큰일이다. 자업자득이라고는 해도 저녁 밥을 굶으면 힘들다.

"그럼 과자 같은 건."

"오빠야가 저번에 멋대로 먹은 감자칩이 마지막이야. 아직 안 사 왔어."

사면초가다.

오늘 하루는 조개처럼 얌전히 입을 다물고 지내야겠다…….

편의점에 갈까 생각도 해보았지만, 지갑에 그런 여유는 없는 것 같았다.

그때 휴대폰이 띵동, 울렸다. 뭔가 메시지를 받은 모양이었다.

『지금 갈게.』

후시미가 보낸 메시지였다. 이제 저녁 7시가 되어가는 시간이다.

『상관없긴 한데, 뭐하러?』

읽긴 했지만, 답장은 오지 않았다.

잠시 후 집 초인종이 울렸고, 마나가 나가기 전에 내가 먼저 현관문을 열었다.

"무슨 일이야?"

"……그게, 이거!"

짜잔. 그렇게 옛날 느낌이 나는 효과음을 입으로 말하면서 후시미가 손수건으로 포장한 상자 같은 걸 꺼냈다.

"도시락, 싸 왔어."

그 미소 뒤에 후광이 비치는 것처럼 보였다.

"일부러 싸다 줘서 고마워."

"저녁밥을 굶을지도 모른다길래."

아직 교복을 입고 있다.

그럼 집에 오는 길에 슈퍼에 들러서 요리를 해 온 건가?

나를 위해서…….

찌잉, 감동하고 있자니.

"그렇게 감격하지 마. ……내가 만들고 싶었거든. 료 군을 위해서."

그녀는 학교에서는 보여주지 않는 쑥스러워하는 미소를 지었다.

"드, 들어올래?"

"아니. 갑자기 온 거고, 시간도 늦었으니까 폐를 끼치게 될 거야."

천사 같은 미소를 지으며 방긋방긋 웃던 후시미는 '내일 봐' 하며 손을 흔들고 떠나갔다.

"손수 싼 도시락……."

바로 방에 가서 먹기로 했다.

딸깍, 뚜껑을 열어보니 전부 갈색이었다.

호박찜이 가득 차 있었다.

"도, 도시락이지……? 아니, 반찬을 나눠준 건가……?"

어느 쪽이지? 그래도 본인은 도시락이라고 했었지.

호박찜을 좋아하니까 상관없지만, 솔직히 기뻐하기가 껄끄럽다!

『많이 먹어!』

깜짝 도시락 대성공이라고 생각하는 건가?

어떤 의미로는 깜짝 놀라긴 했는데!

『료 군이 좋아한다고 했던 게 생각나서.』

한도하고 균형은!

도시락 통이 아니라 호박 통이 되어버렸잖아.

"뭐, 좋아하는 거니까 상관없지만……. 배도 고프고."

이러쿵저러쿵하면서도 나는 호박찜을 전부 다 먹었다. 맛은 그냥 괜찮았다.

⑮ 전형적인 소꿉친구

"오빠야, 히나 왔는데?"

그런 목소리가 들린 것 같아서 눈을 떴다.

자명종 시계는 울리기 전이었고, 아직 7시였다. 30분은 더 잘 수 있는데…….

천천히 일어나서 방금 들은 목소리가 환청인지 확인해보니 앞치마를 입은 마나가 방 입구에 서 있었다.

"히나는 왜 온 거야?"

"나도 모르지……."

휴대폰을 보니 6시 반에 후시미에게 전화가 왔었다.

……급한 일인가……?

"……배가 고플 것 같아서 밥을 많이 해뒀어."

"땡큐……. 너는 좋은 부인이 될 거야."

갸루지만.

"윽. 아, 아침부터 그런 소리 하지 마~!"

일단 잠옷 차림으로 나가긴 좀 그러니 겉옷을 입고 현관으로 향했다.

"료 군, 안녕."

"아, 응. 안녕."

"깨우러 왔는데, 벌써 일어나 있었네."

착하다 착해, 하면서 아직 반쯤 자고 있는 내 머리를 후시미가 쓰다듬어주었다.

"깨우러 왔다니, 아직 이른 시간 아니야……?"

"그런가~? 난 6시 반쯤에 일어나니까."

일찍 일어나네. 나보다 한 시간이나 빠르잖아.

집에서 학교까지는 걸어가는 시간과 전철을 타고 가는 시간을 합쳐도 30분 정도 만에 도착한다.

홈룸이 8시 반에 시작하니까 8시 전에만 나가면 충분하다.

"반장이니까 지각하면 안 된다고 생각했더니 잠이 깨서."

눈빛이 번쩍인다. 나는 아직 축 늘어져 있는데.

후시미는 이미 '후시미 히나'로 완벽하게 완성되어 있었다.

"나올 때까지 바깥에서 기다려도 돼?"

"상관없긴 한데."

후시미는 고맙다고 한 다음 현관 밖으로 나갔다.

지금 다시 자면 위험하기 때문에 나는 거실에서 마나가 차려준 아침밥을 먹었다.

"뭐하러 왔대?"

"음, 데리러?"

"히나가 그런 행동을 하는 사람이었나?"

그렇게 전형적인 소꿉친구 같은 행동을 하는 사람이 아니었다.

그래도 초등학교 저학년 때는 그럴 때도 있었지. 왠지 정겹네.

"사귀는 거야?"

"푸우웁?!"

된장국을 뿜을 뻔했다.

"아니, 그런 거 아니거든."

내가 그렇게 말하자 마나는 '흐으음', 하며 현관 쪽을 슬쩍 보았다.

재빨리 아침 식사를 마친 다음 준비하고 집을 나섰다. 휴대폰을 들고 시간을 때우던 후시미와 합류해서 등교했다.

작년에 반장이 하는 일을 보곤 했는데, 그렇게 대단한 일은 하지 않는다.

수업 시작과 끝에 인사를 하거나, 숙제 노트를 모아서 선생님에게 가져다주거나, 선생님의 연락사항을 전달하거나 하는 잡일이 대부분이다.

행사 때 반을 한데 모아 이끌 필요가 있긴 하지만, 영향력이 매우 뛰어난 성실이 공주님이 있으니 걱정할 필요는 없을 것이다.

방과 후가 되었고, 내 자리에서 학급 일지를 쓰고 있자니 옆자리에 앉은 여자애가 이쪽을 빤히 보았다.

"……왜?"

"아니. 열심히 한다 싶어서."

후시미는 방긋방긋 웃으며 나를 바라보았다.

그렇게 보면 껄끄럽단 말이지.

수업과 그 내용을 간단히 적은 다음 탁, 덮었다.

어느새 교실에는 나와 후시미만 남았다.

나를 보다가 질렸는지, 후시미는 마음을 터놓은 고양이처럼 책상 위에 엎드려 있었다.

이걸 담임 선생님에게 가져다주면 반장으로서의 하루가 끝난다.

"점심시간에 토리고에 양하고 무슨 이야기해?"

"아니, 아무 말도 안 하는데."

"정말로?"

"정말로. 오늘은 둘 다 '아, 왔구나' 하고 서로 바라본 다음에 계속 아무 말도 없었어."

예전부터 계속 그런 느낌이다. 이야기를 나누지 않으면 껄끄럽다는 분위기는 전혀 없다.

"어째서 토리고에 양도 입후보했던 걸까."

"어?"

볼을 약간 부풀린 후시미는 마치 답이 적혀 있다는 듯이 내 얼굴을 빤히 바라보았다.

"내신 점수 때문에?"

"아……, 내년에는 3학년이지, 우리도."

진짜인지는 모르겠지만, 적당히 말한 답을 일단 받아들인 모양이다.

학급 일지와 가방을 들고 조용해진 복도를 걸어갔다. 가끔 취주악부의 연주가 희미하게 들리기도 했다.

"료 군도 내신 점수를 노리는 거야?"

"그런 걸 신경 쓰는 녀석은 학교를 땡땡이치지 않겠지."

"그렇긴 하겠네."

굳이 말하자면 그 분위기 때문이다. '누가 좀 해라'라는 그거.

껄끄럽단 말이지, 그 분위기.

그런 분위기에선 여러 가지 의미로 목소리가 큰 녀석이 멋대로 의견을 밀어붙이고, 그렇게 밀어붙이는 게 나한테까지 돌아오는 게 아닐까. 그렇게 생각하게 된다.

교무실의 담임 선생님 자리에 학급 일지를 놓고 학교를 나서기로 했다.

창밖이 구름 때문에 어두워져서 왠지 비가 올 것 같은데. 그렇게 생각했을 때는 뚝뚝, 빗방울이 한 방울, 두 방울, 유리창에 부딪혀서 선을 그리고 있었다.

입구에서 운동화로 갈아 신었을 때는 눈에 보일 정도로 비가 내리기 시작했다.

"료 군, 우산 있어?"

"아니. 일기예보에서는 안 온다고 했는데."

"후후. 이런 일이 있을까 해서——."

"아, 보관용 우산이 있네!"

입구 우산 걸이에 까만 우산이 하나 있었다.

딱히 누군가의 우산이 아니라 모두의 우산이라는 인식이고, 급할 때는 이걸 빌려 간 뒤에 확실하게 돌려다 놓는 것이 암묵적인 규칙이었다.

"어. 우, 우산 있구나."

"고맙게 쓰도록 하자. 후시미, 방금 뭐라고 안 했어?"

"아, 안 했어, 안 했다고!"

후시미는 고개와 두 손을 붕붕, 힘차게 저었다.

"그래?"

나는 그렇게 말하며 우산을 들고 펼쳤다. 두 명이 쓰기에는 약간 작지만, 없는 것보다는 나을 것이다.

비가 내리는 와중에 우리는 역으로 향했다.

"딱 붙지 않으면 젖을지도 몰라……, 딱 붙어도, 돼……?"

"그럼 이렇게 하면 어떨까?"

우산을 후시미 쪽으로 들었다.

이러면 안 젖을 것이다.

"그럼 료 군이 젖잖아."

"젖어봤자 어깨 정도니까."

"됐어."

슬쩍, 거리를 좁혀서 후시미의 어깨가 계속 팔에 닿는 상태가 되었다.

"이러면 오케이~."

이렇게 가까우면 나는 오케이가 아닌데.

그러고 보니 예전에 칠판에 후시미가 우산 모양을 그린 적이 있었다.

『료 군하고 히나의 사랑 우산!』

『그게 뭐야~?』

『이렇게 하면, 두 사람이 결혼하는 거야!』

『사랑 우산이 뭔지는 잘 모르겠지만, 아마 아닐걸?』

잘못 배운 그 의미를 아직까지 믿고 있을지도 모르지.

……응?

후시미가 어깨에 메고 있는 가방에서 끈 같은 게 삐져나온 것 같은데?

"근데——, 그래서——."

그녀는 즐겁게 뭔가 이야기하고 있지만, 나는 끈의 정체가 더 신경 쓰였다.

잘 살펴보니 끈 끄트머리에는 손잡이 같은 게 보였다.

……저거, 접이식 우산 아닌가?

"후시미, 우산 있어?"

"——어? 이……, 있을 리가 없잖아."

그녀가 고개를 돌리며 말했다. 이봐, 내 눈을 보면서 말하라고.

후시미는 허둥대는 듯이 삐져나온 끈을 가방 안으로 밀어 넣어서 보이지 않게 만들었다.

"…………."

"…………그래서 말인데~."

"있는 힘껏 화제를 돌리시네?!"

포기한 후시미가 입술을 삐죽댔다.

"사, 상관없잖아……, 약간은……. 좋아하는 사람하고 우산 같이 쓰는 거……, 동경했으니까."

그렇게 말하며 삐진 듯이 눈살을 찌푸리는 후시미.

"……해보고 싶었어, 우산 같이 쓰는 거."

그녀가 창피하다는 듯이 중얼거리고는 볼을 붉혔다.

학교에서는 볼 수 없는 표정이었기에 나는 무심코 웃어버렸다.

"왜 웃는 거야~? 정말."

후시미 역시 곤란하다는 듯이 말하고는 웃었다.

소나기였는지 역에 도착했을 무렵에는 비가 멎었지만, 우산을 접을 때까지 후시미는 계속 내게 어깨를 기대고 있었다.

⑯ 기회는 노리지 않는다

둘이서 같이 가다 보니 그 전까지 아무 말도 안 해줘서 그런지 '도시락'이 어땠냐는 질문을 받았다.

"어, 도시락?"

"그, 그래. 먹었어?"

"먹었지. 맛있더라."

후시미는 아직 흐린 하늘과는 정반대로 활짝 웃었다.

"그렇구나, 그렇구나. 맛있었구나. 옛날 솜씨가 여전하다고 해야 하나? 어렸을 때부터 그것만은 잘 만들 수 있었거든."

그것만……?

그 일점돌파형 요리 스킬은 대체 뭔데.

생각해보니 나는 어렸을 때부터 단 음식을 좋아했다. 과자는 물론이고 간을 달게 한 요리 같은 것도 좋아했다.

"이걸로 하나 끝냈네."

"끝내? 뭘?"

방긋방긋 웃던 미소가 어두워졌고, 그녀가 기분 나쁘다는 듯이 눈을 흘겼다.

"나왔다…… 이상한 것만 기억하면서 나하고 한 약속은 전혀 기억하지 못하는 증후군."

증후군이라니.

"호박찜을 잔뜩 먹여주겠다는 약속?"

완전히 토라진 것 같은 후시미는 고개를 휙 돌렸다.

"그거라면 나도 하고 싶은 말이 있는데. 절임하고 밥 정도는 같이 넣어줘. 그건 도시락이 아니라 그냥 반찬을 나눠주는 거거든. 찜을 잔뜩해서 이웃에게 나눠주는 것뿐이니까."

불룩, 복어처럼 그녀의 볼이 부풀었다.

"그런 식으로 '내가 비유해서 태클 거니까 재미있지?'라는 표정 짓는 거, 안 하는 게 좋을 거야."

미묘하게 가슴에 박혔다.

그런 반격은 하면 안 되지.

그럴 생각은 없다고만 겨우 대답했다.

이런 식으로 반격당하면 나는 앞으로 아무런 태클도 못 걸게 된다고……!

입을 다물고 있던 후시미가 발끝을 보면서 조용히 중얼거렸다.

"그래도……, 그것밖에 잘 만드는 게 없단 말이야……. 맛있다고 해줬으면 했으니깐……."

항복이다. 내 패배다.

계산한 게 아니라 진심에서 우러나온 말일 것이다.

후시미가 머리로 생각해서 말하면 내게 말할 때도 학교에 있는 반 친구들에게 말할 때와 똑같아질 테니까.

그런 식으로 나를 생각해주는 마음을 안 좋게 볼 수는 없다.

좀 전에 끝냈다고 한 걸 보니 나와 후시미가 했던 약속 중 하나일 테고, 당시에 내가 잔뜩 먹고 싶다든가 하는 멍청한 소리를 했을 것이다.

"내가 좋아하는 걸 만들어줘서 고마워."

"응……."

"만약에 다음 기회가 있다면 다른 요리에도 도전해보는 건 어떨까?"

"나는 마나처럼 요리를 잘 못하니까."

"그래도 괜찮아. 처음부터 잘하는 녀석은 없잖아. 내가 다 먹을 거고."

후시미는 입가를 실룩거리면서.

"그럼…… 열심히 해볼게."

그렇게만 말했다.

다음 기회가 있다면 이번처럼 호박찜을 나눠줘서 깜짝 놀라게 되지는 않을 것이다.

후시미를 바래다주기 위해 후시미네 집 쪽으로 걸어가다 보니 그녀가 마침 생각났다는 듯이 말했다.

"도시락 통은 어쨌어?"

아. 어제 먹고 방에 놔뒀네.

"미안. 설거지해서 내일 줄게."

"아니. 내가 설거지할 거니까 괜찮아."

"아니, 그래도——."

"괜찮아, 괜찮아."

만들어주었는데 설거지까지 시키기는 미안했지만, '괜찮아'라는 말을 계속하고 있는 후시미를 이길 수는 없었다.

"그, 그 대신 말이야⋯⋯, 또 료 군네 집에 가도 돼?"

쑤, 쑥스러워하면서 그런 말 하지 말라고.

나까지 쑥스러워지잖아⋯⋯.

아무 짓도 안 한다. 아무 짓도. 그래, 아무 짓도.

사이가 좋은 틈을 타서 야한 짓을 할 남자가 아니다. 절대로 아니다.

"사⋯⋯, 상관없긴 한데."

"왠지 긴장한 것 같은데?"

"아, 안 했거든."

그래애? 하며 고개를 갸웃거리는 후시미를 다시 집으로 초대했다.

현관에는 낯익은 구두가 나란히 놓여 있었다.

마나가 벌써 돌아온 모양이다.

소리를 듣고 집에 온 걸 눈치챘는지, 마나가 타박타박 슬리퍼 소리를 내며 다가왔다.

"오빠야, 아까 비 왔는데 괜찮──, 았어──."

"마나, 실례할게."

"아, 응. 어서 와⋯⋯."

깜짝 놀란 마나가 눈을 계속 깜빡이면서 나와 후시미를 번갈아가며 보았다.

"오빠야⋯⋯, 히나를 방으로 데려가서 무슨 짓을 할 셈이야⋯⋯?"

"무슨 짓이라니, 아무짓도 안해. 오고 싶다고 하길래──."

마나는 사실인지 확인하려는 듯이 스윽, 고개를 돌려서 눈빛으로 물었다.

"으, 응. 맞아."

"어어어…… 잠깐만 기다려. 청순 빗치잖아. 으아, 중학생 때 이미지가 무너지네."

"아, 아니야! 그런 거 아니야, 그런 거 아니니까!"

후시미가 얼굴을 붉히며 급하게 부정했다.

"히나, 오빠야는 동정이니까 조심해. 항상 기회를 노리고 있으니까."

"야, 여동생, 나는 그렇게 막 들이대지 않는다고."

아니, 내가 동정이라는 건 어떻게 알고 있는 거야.

"내가 있어서 다행이네. 억지력이 될 테니까."

"그러니까, 안 한다고."

푸슉~, 옆에서 김이 솟구치는 게 보였고, 후시미가 얼굴을 새빨갛게 물들인 채 고개를 숙였다.

"──나, 나, 보, 볼일, 볼일이 생각나서, 갈게."

말을 더듬거리던 후시미는 도망치듯이 현관 밖으로 나갔다.

"네가 놀리니까 그렇지."

"안 놀렸거든. 사실이거든."

그리고 말이야, 하며 마나까지 볼을 붉히면서 눈을 피했다.

"조, 좀 그렇잖아……, 2층에서 덜컹덜컹 삐걱삐걱 소리가 들리면."

"프로레슬링 놀이를 하는 거군요, 잘 알겠습니다."

"내가 없을 때는 상관없어. 저기……, 가, 가지고 있어? 그거."

그거? 그게 뭔데?

대답이 없는 나를 보고 마나는 '그러니까, 이거……'라고 하면서 창피하다는 듯이 손가락으로 고리를 만들었다.

"……돈? ……은 별로 없는데."

마나가 결심한 듯한 눈빛을 보이고 있다. 오빠야가 한심하니까 내가 정신을 바짝 차려야지, 그런 느낌이 드는 눈빛이다.

"내게 맡겨. 조금 창피하지만, 편의점에 가서 사 올 테니까."

그러니까, 뭘 사 오려고?

⑰ 쓰담쓰담

그날 밤은 전통식 집밥이었다.

녹미채 조림에 생선구이와 고기감자조림. 그리고 된장국.

갸루이긴 하지만 좋은 부인이 될 거야, 이 녀석은.

일을 마치고 돌아온 어머니와 셋이서 저녁 식사를 했다.

"……마나, 남자친구라도 생겼니?"

"어~? 없는데. 왜?"

"정말로? 그럼 왜 그거 산 거야? 고무."

"어어어어?!"

마나가 딱딱하게 굳어버렸다.

고무줄을 산 건가? 머리를 묶는 경우도 많으니까.

"봐, 봤구나──."

"아니, 내가 본 건 아닌데. 편의점에서 옆집 타노우에 씨 사모님이."

"세──, 세심하게 주의를 기울였는데!"

"……그런 남자는 포기하는 게 좋을 거라고 하더라."

"뭐──엇?!"

활기차네.

오늘 된장국도 맛있다.

"오빠야가 동정이라서 내가 치욕스러운 일을 당하고……."

"무슨 소리야."

나는 상관없잖아.

"그런 공부도 해두라는 뜻이야!"

여동생이 화를 내고 있는데, 무슨 소린지 알 수가 없어서 나는 멍하게 있을 수밖에 없었다.

"어젯밤에 그런 이야기가 나와서——."

다음 날 아침, 학교에 가는 도중에 나는 마침 생각났기에 후시미가 돌아간 뒤에 있었던 일을 이야기했다.

"어어……. 마나, 불쌍해……."

"어? 왜?"

"료 군은 눈치가 빠른 건지 없는 건지 잘 모르겠어."

왠지 내가 나쁜 놈이 된 것 같아서 납득이 안 되는데…….

정작 중요한 부분은 아무도 안 가르쳐주고.

답답해하면서 가다 보니 '안녕~' 하고 후시미에게 인사를 하는 사람이 있었다.

같은 학년 여자애고, 이름은 모른다. 짧은 포니테일에 스포츠백을 들고 있는 걸 보니 운동부인 것 같다.

"안녕."

후시미는 얌전한 학교용 공주님 미소로 인사했다.

'안녕'보다는 '평안하신가요' 쪽이 더 어울릴 것 같은 미소다.

"히나, 클럽활동은 진짜 안 할 거야?"

"응. 고등학교 때부터는 이제 안 해도 되겠다 싶어서."

방긋방긋 웃으며 먼저 말을 걸어왔으면서, 그 여자애의 눈이 단숨에 싸늘하게 변했다.

"흐음, 그래. 뭐, 노는 게 더 즐겁긴 하겠지~."

"그런 게 아니라……."

후시미의 미소에 곤란해하는 기색이 섞이기 시작한 걸 알 수가 있었다.

"마음이 바뀌면 육상부로 와. 애들이랑도 다 친하잖아."

"응. 말해줘서 고마워."

나를 힐끔 본 그 여자애는 우리 곁을 떠나서 똑같은 백을 들고 있던 여자애들 사이에 끼었다.

후시미는 운동신경이 좋다. 중학교 때는 육상부였고, 단거리와 멀리뛰기를 했다. 체육 시간에 몇 번 보았는데, 육상뿐만이 아니라 구기 종목도 꽤 잘한다.

사람이 별로 없는 운동부에서 후시미를 끌어들이려 하는 모습을 몇 번 본 적이 있다.

"2학년이 된 뒤로도 계속 권유하는구나."

"응. 그렇지."

표정이 조금 딱딱하다.

"……싫으면 싫다고 말하는 게 서로에게 도움이 될 것 같은데?"

"그렇게 해도 다투게 되는 게 여자애들이야, 료 군."

……골치 아프네, 여자애들이란.

뭐, 방금 거절했더니 나도 알 수 있을 정도로 비꼬아대기도 했고.

귀가부는 편해 보여서 좋겠다? 이런 식으로.

"그런 말을 하면 그 부에 가고 싶은 생각이 안 들 것 같은데."

"조금 발끈해버린 것 같아."

후시미는 착하네. 감싸주기까지 하고.

"어떤 클럽활동에 들어가면 '왜 우리 쪽으로는 안 와? 그렇게 끌어들이려고 했는데'라고 하니까, 어디에도 안 가는 거야."

그런 이야기를 듣고 있자니 학교라는 사회가 싫어진다.

후시미는 방금 그 여자애가 한 말을 신경 쓰고 있는지 아직 표정이 어두웠다.

아침부터 비꼬는 말을 들었으니 그럴 만도 할 것이다.

등을 몇 번 쓰다듬어주었다.

"신경 쓰지 말라고 해도 힘들겠지만, 힘내자고."

학교를 땡땡이치거나 수업을 제대로 듣지 않는 내가 말해봤자 설득력이 없을지도 모르지만.

"고마워. 응, 그렇지. 나, 힘낼게."

작은 손으로 주먹을 쥐는 후시미. 울상이던 표정이 빛을 되찾았다.

옆자리에서 풀 죽어 있으면 걱정될 테니 다행이다.

일단 안심한 나는 등을 쓰다듬고 있던 손을 주머니에 넣었다.

"……계속해줘."

"어?"

"쓰담쓰담, 계속…… 해줬으면 좋겠어."

쓰담쓰담? 아, 등을 쓰다듬어 달라는 건가?

왜 부끄러워하는 표정을 짓고 있는 거야?

"료 군이 만져주면 안심이 되니까……."

그 정도라면 딱히 상관없다고 대답하려다 주위를 보았다.

학교가 근처라서 그런지 걸어가는 학생이 이곳저곳에 있었다.

"아니, 지금은 좀……"

"알았어."

목소리도 그렇고 표정도 한 말과는 정반대로 뾰로통했다. 그건 알겠다는 표정이 아니잖아.

"어렸을 때, 내가 철봉에 매달렸다가 엉덩방아를 찧으니까 옆에서 거꾸로 매달려 있던 료 군이 '그렇게 울 만한 일도 아니잖아'라고 했는데."

그런 일이 있었나?

"땅바닥에 부딪힌 엉덩이를 쓰담쓰담 해줘서. 그 이후로 쓰담쓰담을 좋아하게 된 것 같아."

"내가 엉덩이를 만져줬으면 한다는 뜻이야?"

"아――, 아니야! 제대로 듣긴 했어?"

"농담이야, 화내지 말라고."

정말, 하며 툴툴대듯이 후시미는 말했다.

"어디든 상관없고, 그냥 료 군이 쓰담쓰담 해줬으면 하는 것뿐이야."

어디든 상관없다고? 그럼 엉덩이도 상관없다는 뜻인데.

쓰담쓰담이라니, 왠지 야한 말처럼 들리니까 내 입으로는 별로 말하고 싶지 않다.

주위에서 다른 학생들이 보고 있다는 걸 눈치챈 후시미의 표정이 완전히 변했다.

중학교 이후의 후시미가 아이에서 어른으로 성장한 모습이라고 생각했는데, 요즘 내 앞에서 보여주는 표정은 어렸을 때와 별로 달라진 게 없다.

"그거지…… 그러니까, 학교에서는 내숭을 떤다는 거지."

"뭐라고?"

그 아름다운 공주님 미소는 다른 남자들에게는 포상이겠지만, 내숭을 떤다는 걸 알고 있는 내가 보기에는 묘한 박력이 느껴졌다.

"아, 아뇨. 아무것도 아닙니다."

"그래? 다행이네."

그 미소에는 고오오오오, 라는 의성어가 매우 잘 어울렸다.

⑱ 토리고에의 진심

『료 군, 점심시간엔 같이 학교 식당에 가지 않을래요……?』

점심시간을 10분 앞두고 있는 시간.

덜컹덜컹, 책상을 붙인 후시미가 노트 구석에 적은 메시지를 보여주었다.

오늘은 마나가 싸 준 도시락이 있으니까. 그렇게 적고 있는 도중에 슥슥, 후시미가 추가 메시지를 적었다.

『두근두근.』

심정을 펜으로 묘사하기 시작했다!

『미안. 도시락을 싸 와서 물리실에 갈래.』

그 문장을 본 후시미가 풀 죽었다.

후시미와 함께 지내는 게 싫은 건 아니다.

하지만 그렇게 하면 후시미와 친해지고 싶은 남자애들과 여자애들이 우글우글 몰려와서 자연스럽게 떠들썩해진다.

그 사람들과 사이가 좋다면 이야기가 달라지겠지만, 나는 그게 껄끄러웠다.

『조용하게 지내고 싶어.』

『토리고에 양하고?』

『혼자서.』

그 말은 매우 강조해서 적었다.

토리고에가 있건 없건, 조용하고 누구에게도 간섭받지 않은 채 지낼 수 있는 곳이 물리실인 것이다.

으으으, 완전히 삐짐 모드에 들어간 후시미는 재빨리 책상을 떼어놓았다.

점심시간이 되자 나는 말한 대로 도시락을 들고 물리실로 향했다.

"타카모리 군."

누가 나를 부르길래 돌아보니 토리고에가 있었다. 손에는 도시락을 들고 있다.

"여, 도서위원."

"물리실?"

"응, 항상 가는 곳."

내가 그렇게 말하자 토리고에는 '그렇겠지'라며 웃었다.

둘이서 물리실로 들어가 문을 닫았다. 그것만으로도 학교의 소음이 멀어졌고, 이곳만 다른 세계 같은 느낌이 들었다.

항상 앉던 자리에 각자 앉아서 점심 식사를 하기 시작했다.

임원을 정한 그날 이후로 물리실에서 몇 번 만나긴 했는데, 어째서 토리고에가 반장에 입후보한 건지 문득 신경 쓰여서 물어보았다.

"반장을 하고 싶었어?"

"그런 게 아니야."

그런 게 아니라고?

그런데 입후보했어?

무심코 토리고에 쪽을 보았다.

어깨까지 늘어뜨린 머리카락을 슬쩍 만지면서 '으음, 저기', 하며 뭔가 생각하는 듯이 끙끙대고 있었다.

"……나는, 저기……, 타카모리 군을, 나름대로, 친하다고 생각했고……."

그렇게 생각하고 있었구나, 토리고에.

친근감이 들었던 건 나 혼자뿐이 아니었던 모양이다.

토리고에의 목소리가 말을 할 때마다 작아졌다.

"……다른 여자애가 할 거라면……, 나라도 괜찮지 않을까……, 싶어서……."

그렇구나. 나를 신경 써서…….

결과적으로 후시미가 되었으니 다행이지만, 다른 여자애……, 예를 들자면 반의 중심인물이고 시끄러운 계열인 누군가였다면 의사소통을 하기 껄끄러웠을 것이다.

"──그, 그게 다야!"

갑자기 음량이 커졌다.

"왠지 고맙네, 신경 써줘서."

"……벼, 별말씀을."

냠, 우물, 냠, 우물, 토리고에가 젓가락을 놀리는 속도가 올라갔다.

내신 점수가 어쩌고저쩌고, 그럴 거라 적당히 예상했었는데 그게 아니었네.

후시미에 대해서 물어보길래 나는 지금까지 있었던 일을 설명했다.

소꿉친구였고 사이좋게 지냈던 것. 중학교에 들어갔을 때쯤에 거리를 두기 시작했다는 것. 최근에 어떤 계기로 예전처럼 이야기하게 되었다는 것. 그런 것들을 숨기지 않고 말했다.

"그래서 올해까지는 그냥 반 친구 행세를 했던 거야?"

"그런 거지."

"학교의 공주님하고 사이좋게 지내니까 즐거워?"

"즐겁다고 해야 하나, 정겹긴 하지. 나하고 같이 있을 때는 공주님이라는 느낌이 전혀 없으니까."

"PP(퍼펙트 프린세스)가? 뜻밖이네. 그래도 소꿉친구니까."

……왠지 오늘은 토리고에가 말을 많이 하는 것 같다.

"무슨 뜻이야?"

"예전부터 알고 지냈으니까 남녀 사이가 되기 껄끄럽다고 해야 하나. 가족처럼 되어버려서 이성으로 보기 힘들잖아?"

자주 듣는 말.

만화나 애니메이션에서 자주 듣던 말.

하지만 그럴 때마다 나는 항상 '그런가?'라고 생각했던 말.

나는 토리고에의 질문에 고개를 저었다.

"……후시미는 머리도 좋고, 운동신경도 좋고, 얼굴도 귀여우니까 남자들이 다가오는 이유는 소꿉친구인 나도 잘 알고 있어."

인기가 있다는 걸 눈치챈 건 작년이었지만.

"그 이유를 알고 있는 걸 보니 나도 보고 있었던 것 같아. 후시미를 이성으로 말이야."

예전부터 잘 알고 지냈고, 안심이 된다.

별것 아닌 이야기를 적당히 즐길 수 있고, 왠지 무슨 생각을 하고 있는지 알 수 있고.

만화 같은 경우에는 처음부터 곁에 있던 애가 아니라 나중에 나타난 히로인이 최종적으로 주인공과 이어졌다.

처음부터 곁에 있던 애와 이어진다면 너무 당연해서 이야기가 재미없기 때문일 것이다.

……하지만, 내 이성 관계가 재미있을 필요는 없다. 재미가 없어도 된다.

"초등학생 때 관계를 유지하면서 중학교 시절을 보냈다면 나는 지금보다 더 일찍──."

무심코 모르게 나온 말에 나 자신도 혼란스러워졌다.

어, 어라?

지금보다 일찍, 뭐?

나는 그 너머에 무슨 생각을──.

"타카모리 군, 얼굴이 빨간데?"

"어? 아, 아니, 아무것도 아니야. 아무것도 아니라고."

"어라? 방금 누군가 있지 않았어?"

토리고에가 문쪽을 보며 고개를 갸웃거렸다.

"어? 안 보고 있었는데."

"착각한 건가? 여자애 같은 누군가가 창문 밖으로 한순간 보였는데."

하지만 이미 그곳에는 아무도 없다.

"……타카모리 군, 후시미 양을 좋아하는구나."

"푸핫?! 그, 그런 이야기는 안 했거든. 이야기를 듣긴 한 거야?"

"그런 이야기잖아, 방금 한 말은."

놀리는 줄 알았는데, 토리고에는 진지한 말투였다.

"료 군, 한자가 틀렸는데?"

방과 후에 남아서 학급 일지를 쓰고 있자니 후시미가 지적했고, 맞는 글자를 배우면서 그 부분을 수정했다.

"1교시 현대 국어는 무슨 수업 했었지?"

"수업한 다음에 바로 안 적으니까 까먹는 거지."

"……잤거든."

"정말, 어쩔 수 없네. 음, 오늘은 말이지……."

이러쿵저러쿵하면서도 후시미는 도와주고, 내가 글러 먹은 녀석이라고 해도 저버리지 않는다. ……지금까지는 말이지만.

내가 당번일 때는 먼저 돌아가도 될 텐데, 내가 다 쓸 때까지 기다려준다.

"료 군이 적당하게 써버리지 않을까 걱정되거든."

"성실하네."

"그렇지. 반장이니까요."

후시미는 그렇게 말하며 의기양양한 표정으로 에어 안경을 살짝 올려 보였다.

순조롭게 일지를 쓰는데 후시미가 내 쪽을 들여다보면서 장난기 어린 미소를 지었다.

"료 군은~, 소꿉친구를 이성으로 봐버렸구나~?"

나도 모르게 힘이 들어가서 투둑, 샤프심이 부러졌다.

"무, 무슨 소리야……?"

"무슨 소릴까?"

둘러대는 후시미는 활짝 웃고 있었다.

⑲ 소꿉친구는 특별 취급

4월 체육은 작년과 마찬가지로 수업 때 주로 체력 측정을 한다.

좌우 반복 뛰기와 왕복 오래달리기, 멀리 뛰기, 그리고 100미터 달리기 등.

뛰어오르거나, 달리거나 하면서 남녀로 나누어 실시하는데, 역시 후시미 차례가 되면 모든 학년 남자들이 주목했다.

3학년 남자들은 창문에서 운동장을 빤히 보고 있을 정도다.

"히나, 대단하네……."

"엄청 빠르고……."

여자애들이 그런 이야기를 하는 게 들렸다.

경기를 교대할 때 서로 횟수와 거리를 알려주었다.

"료 군, 전혀 못 쓰겠네."

후시미는 왠지 즐거운 듯이 웃었다.

"전혀 못 쓸 정도는 아니야. 남자 중에서도 5등은 된다고. 밑에서 세면."

"아하하. 역시 못 쓰겠는데."

"충분할 것 같은데."

반장 콤비가 소꿉친구라는 소문이 퍼져서 우리가 사이좋게 이야기를 하더라도 이상한 눈으로 보지 않게 되었다.

요즘 등하교를 계속 함께 해서 후시미의 '소꿉친구'로 정착된 것 같다.

"왜 클럽활동을 안 하는 걸까."

여자애들 중에서 그런 목소리도 들렸다.

당연하겠지.

후시미의 기록은 남자인 나보다 더 좋다. 그뿐만이 아니라 육상부의 단거리 에이스나 농구, 테니스, 기타 운동부 소속인 여자애들보다 현재 종합 점수는 더 높은 모양이다.

체육이 끝난 다음, 같은 반 여자애가 말을 걸었다. 포니테일 여자애다.

얼굴은 알지만 이름은…… 기억이 안 난다.

"저기, 저기, 반장님~."

땀을 흘리고 난 뒤라 나는 냄새가 날까 걱정돼서 두 발짝 정도 물러났다.

"……내가 반장이긴 한데, 님까지 붙여서 부를 필요는 없어."

그렇게 정정하자 그녀는 상관없고~, 라며 말을 이었다.

"후시미 양을 좀 빌릴 수 없을까?"

"빌린다니…… 왜 나한테 말하는 건데. 딱히 내 것도 아니고."

"나도 알아. 그러니까 도와주게끔 설득해줬으면 하거든. 다음 주말에 봄 대회가 있는데……, 한 명이 모자라서 단체 부문에 나갈 수가 없어."

얘가 무슨 클럽활동을 하더라? 고개를 갸웃거리며 듣다 보니 테니스부 이야기였다.

신입 부원이 들어온 건 다행이지만, 실력이 부족해서 단체전에는 나갈 수가 없다고 한다.

"나한테 말해봤자……."

"직접 이야기해봤는데 거절당해 버렸거든."

그렇겠지. 여기저기서 끌어들이려고 하니 도우미를 한번 시작하면 끝이 없을 테고.

"미안. 다른 사람을 알아봐. 이야기를 들어보니까 인원수만 맞추면 되는 거 아니야? 후시미 말고 다른 녀석이라도 괜찮을 것 같은데."

"그러지 말고오, 반장님~."

"다른 클럽활동을 하는 사람이라든가, 중학교 때 테니스부였는데 지금은 안 한다든가, 그런 녀석도 있을 거 아냐? 정 힘들면 아무나 적당히 이름을 빌려서 당일에는 1인 2역을 한다든가."

"아니, 무슨 허둥지둥하는 코미디도 아니고."

농담이야, 농담. 나는 그렇게 웃으면서 방금 한 말을 취소했다.

꼭 후시미여야만 하는 이유는 없지……, 하지만 곤란해하는 것도 사실이고…….

"당일에는 맨손으로 와도 돼. 신발하고 유니폼, 라켓도 전부 이쪽에서 준비할 테니까! 응?"

그렇게까지 말하면 난감하네.

음~, 내가 판단하기 곤란해서 끙끙대고 있자니 싸늘한 냉기 같은 게 뒤쪽에서 흘러들어 왔다.

몸을 부르르 떨면서 돌아보았다.

"……?"

아무도 없는데…….

"? 왜 그래?"

나는 아무것도 아니라며 고개를 저었다.

"어쩔 수 없지. 물어보기만 한다? 설득은 안 할 거야. 상황을 설명하고 맨손으로 가도 된다는 것만 알려주고 판단은 후시미에게 맡길 거야."

"고, 고마워! 그걸로도 충분해!"

내 손을 꽉 잡고 마구 흔들어댔다.

"역시 반장님~."

"그러니까, 님 자는 필요 없다고 몇 번을…….."

손을 놔주질 않는다.

더욱 강한 냉기가 피부에 스쳐서 다시 몸을 떨었다.

"그럼, 잘 부탁해!"

그녀는 손을 흔들면서 달려간 다음, 정말 기뻤는지 손으로 키스까지 날렸다.

완전히 신났네~.

나도 대충 손을 흔들어서 인사를 한 다음, 교실로 돌아왔다.

체육이 마지막 수업이었기에 교실은 텅 비었고, 다들 집에 가거나 클럽활동을 하러 갔다.

자. 적당히 일지를 쓰고 집에 가야지.

목덜미가 싸늘해져서 목을 움츠렸다.

아까부터 뭐지?

감기라도 걸렸나.

"……혼마 양하고 사이가 좋구나."

후시미가 깔끔하게 갠 체육복을 가슴에 끌어안고 교실로 들어왔다.

"혼마? 아…… 그 테니스부."

어라. 부, 분위기가──, 주위 분위기가 한층 더 싸늘해졌어!

후시미가 자기 자리에 앉자 냉기가 더욱 심해졌다.

"추웟."

나도 모르게 내 몸을 끌어안았다.

옆에서 집에 갈 준비를 하면서 흥~, 입술을 삐죽대고 있는 후시미. 왠지 삐진 것 같다.

"딱히 상관없거든. 료 군이 누구하고 사이좋게 지내던 나하고는 상관없으니까."

"상관없다고 하면서, 전혀 그런 것 같지 않은데."

"상관없거든."

목소리가 낮게 깔렸네.

후시미 역사상 가장 낮은 목소리였다. 그리고 온도도 낮다고 해야 하나?

"반장이면서, 복도에서 손을 잡고, 키스하고. ──학교인데."

"이봐, 잠깐, 잠깐! 내가 본 광경하고 미묘하게 다른데?! 손은 잡힌 거고, 굳이 말하자면 악수지. 그리고 키스를 한 게 아니라 일방적으로 키스를 날린 거라고."

분위기를 보면 전혀 깊은 의미가 아니겠지만…… 악수도 그렇고 키스를 날렸을 때도 약간 두근거리긴 했다.

아니, 보고 있었냐고.

그때 느꼈던 냉기는 후시미가 내뿜었던 냉기인 모양이다.

"료 군, 기뻐 보였어."

큭, 부정할 수가 없네.

후시미 말고 다른 여자를 접할 기회가 별로 없으니까…….

"반장은 반 친구들을 평등하게 대해야 하는데. 편애하고 있어."

"안 했다니까."

집에 갈 준비를 마친 후시미는 돌아가지 않고 토라진 채 내 옆에 있었다.

나를 기다려주고 있는 것 같다.

"테니스부 들어갈 거야? 아주 극진하게 대접해줄 것 같던데."

아, 혹시 중간부터 들은 건가?

오해하고 있는 것 같길래 나는 혼마 양과 나눈 이야기를 처음부터 말해주었다.

"그래서, 단체전에 못 나간다고 도와달래."

"그렇구나. 그렇게 된 거였구나."

가득 차 있던 냉기가 사라졌다.

"역시, 거절할 수밖에 없을 것, 같은데…….

도와주기 시작하면 끝이 없다는 건 이해가 된다. 그런데 왜 그렇게 고집스럽게 거절하는지, 나는 아직 잘 모르고 있었다.

"내가 거절할까?"

"아니. 내가 말할 테니까 괜찮아. 고마워."

기분이 풀린 후시미는 내가 일지를 다 쓸 때까지 기다리고 있

었다.

그러면서 턱을 괴고 방긋방긋 웃으며 이쪽을 빤히 바라봤다.

"보고 있어도 재미없잖아. 휴대폰이라도 보지?"

"괜찮아, 괜찮아."

"후시미는 나한테 엄청 자상하네."

수업 중에 곤란해지면 도와주고, 기다릴 필요도 없는데 이렇게 기다려준다.

"그, 그런가?"

후시미의 미소가 더욱 부드러워졌고, 에헤헤 하고 웃었다.

"그래도 반장이니까 반 친구를 편애하면 안 되는 거 아닌가——."

내가 계속 말하려고 하자 후시미가 급하게 가로막았다.

"소, 소꿉친구는 특별 취급이니까 괜찮아! ……그러니까 료 군도 나를 특별 취급해주면 기쁠 것 같은데."

눈을 들여다보는 듯이 그렇게 말하면 내가 아니라 다른 사람도 부끄러워질 것 같다.

'그, 그래……'라는 말만 겨우 하고는 눈을 피했다.

"료 군, 얼굴 빨개."

"너도 말이지."

갑자기 우스워져서 우리는 아무도 없고 조용한 교실에서 깔깔대며 웃어댔다.

⑳ 다투지 않으려 해도 다투게 된다

후시미가 조마조마해하고 있었다.

1교시 수업이 끝나가는 시간.

혼마의 부탁을 앞에서 직접 거절할 생각인 모양이다.

수업이 시작되기 전에 내가 그냥 메시지로 한마디 보내면 안 되냐고 하자 후시미는 고개를 저었다.

"그런 건 메시지가 아니라 얼굴을 보고 말해야지."

성의가 어쩌고저쩌고, 그런 말을 했다.

성실한 녀석.

"무슨 대답을 할지 좀 걱정돼……."

"쓸데없이 앙심을 품는 타입은 아닌 것 같던데."

나는 조용히 말하면서 앞쪽에 앉아 있는 혼마 양을 보았다.

선생님이 펼쳐두었던 교과서를 탁, 덮고 수업이 끝났다는 걸 알렸다. 후시미가 인사를 하자 종이 울렸고, 짧은 쉬는 시간에 들어갔다.

"후우———."

격투가처럼 정신통일을 한 후시미가 자리에서 일어나 사이좋게 지내는 여자애들과 이야기하고 있던 혼마 양에게 다가갔다. 그렇게나 불안해했으니 나도 걱정이 들어 살펴봤다.

"아~, 역시 그렇구나."

우선 혼마 양이 그렇게 곤란하다는 듯이 웃었다.

안 좋은 반응은 아니었기에 나는 가슴을 쓸어내렸다.

"미안해. 여러 번 말해줬는데. 나도 나가줄 만한 사람을 찾아볼게."

후시미의 말에는 신경 쓰고 있다는 느낌이 잔뜩 묻어 나왔다.

좀 더 편하게 말해도 될 텐데.

후시미가 저렇게 저자세로 나갈 필요는 없다는 생각이 든단 말이지. 여자애들의 무리 사회를 모르는 외톨이 남자인 내가 보기에는.

"아니, 괜찮아, 괜찮아. 억지를 쓴 건 나니까."

그런 다음 잠시 이야기를 나누고, 후시미가 일을 하나 끝냈다는 표정으로 돌아왔다.

"고생했어."

"고마워. 다음 생물은 이동 수업이었나?"

"그랬어?"

"진짜~. 내가 선생님에게 확인하고 올게."

나도 따라가겠다는 말을 꺼내려고 했을 때, 후시미는 이미 교실에서 나가고 있었다.

일어섰다가 다시 앉아서 시간을 때우기 위해 휴대폰으로 SNS를 들여다보았다.

"──바쁘다니, 무슨 소리야? 귀가부잖아?"

"자세한 이야기는 못 들었는데──."

"쪼잔하기는. 잠깐 나가주기만 하면 되잖아."

"시간도 엄청 안 내주지. 같이 놀러 가도 금방 집에 가버리고. 초등학생이냐고."

앙칼진 웃음소리가 들렸기에 나는 고개를 들었다.

곤란하다는 듯이 웃는 혼마 양 주위에 운동부 여자애 세 명이 있었다.

"진짜 말도 안 되지? 그냥 하루만 테니스를 해주면 되는데."

"작년부터 같은 반이었는데, 피도 눈물도 없다고 해야 하나."

타악, 내가 휴대폰을 책상에 대충 던졌다. 그 소리가 교실 안에 크게 울렸다.

"──그럼 너희 중에 아무나 나가. 그 대회."

혼마 양 주위에 있던 여자애들에게 말했다. 말투가 생각보다 강해서 그런지 교실이 조용해진 걸 알 수 있었다.

"사람 숫자만 맞추는 거니까 누구든 상관없잖아."

내가 갑자기 목소리를 높여서 그런지 세 사람이 당황해하고 있었다.

"'잠깐 나가주기만 하는 거'라며? ⋯⋯귀가부라서 한가하겠지 하면서, 바쁜지 어떤지 멋대로 정하지 말라고."

쉬는 시간인데도 따가울 정도인 침묵이 내리깔렸다.

복도에서 학교다운 소음이 들리자 정신이 번쩍 들었다.

⋯⋯이런 구석 때문이겠지, 나한테 친구가 없는 거.

"이동 수업인지 선생님한테 물어보고 온다──."

나는 껄끄러워져서 변명을 하며 자리에서 일어섰다.

돌아보니 제일 뒤쪽 자리에 앉아있던 토리고에가 무표정하게 엄지손가락을 치켜들고 있었다.

나는 맥이 빠져서 살짝 웃고는 교실을 나섰다.

"······앗."

"으엇?!"

문 근처에서 후시미와 마주쳤다.

"생물실에서 이동 수업 하는 것 같아."

"아, 응. 알겠어."

타박타박, 후시미는 조용해진 교실로 들어가서 칠판에 '다음 생물 수업은 생물실에서 합니다'라고 적었다.

분필을 든 손이 살짝 떨리는 걸 알 수 있었다.

입구 근처에서 이야기를 듣고 교실로 들어올 타이밍을 재고 있었던 거 아닌가······.

분위기가 이상해진 교실에서 벗어나려는 듯이 반 친구들이 노트와 교과서를 들고 나갔다. 금방 아무도 남지 않게 되었다.

칠판 쪽을 보고 있던 후시미가 이쪽을 돌아보았다.

"그런 말 안 해도 나는 괜찮은데."

"뻥치시네."

충격받는 게 당연하지. 그런 험담을 들으면.

"익숙하니까."

"그런 건 익숙해지지 말라고."

"료 군이 나쁜 사람이 되잖아."

"딱히 상관없어. 내 호감도 같은 건 이미 늦었으니까."

"아하하."

내게 걱정을 끼치지 않으려고 지은 비통한 미소였다.

"억지로 안 웃어도 돼."

"안 돼…… 안 그러면…… 울어버리니까."

그렇게 말을 마쳤을 때, 후시미는 이미 눈물을 눈에 잔뜩 머금고 있었다.

벌써 울고 있잖아.

나는 아무 말도 하지 않고 후시미의 머리를 쓰다듬었다. 내 어깨에 머리를 기댄 후시미가 코를 한 번 훌쩍였다.

"료 군……, 고마워."

보아하니 임원 둘 다 수업에 지각하겠네.

㉑ 최애 히로인

"후훗. 귀엽다······."

내가 침대에 누워서 딸깍딸깍, 휴대용 게임기를 하고 있자니 옆에 누운 후시미가 쿡쿡대며 웃고 있었다.

그녀는 내 만화책을 들고 있었다.

"재미있어? 괜찮아?"

"응, 재미있어~."

그렇다면 다행이지만.

방과 후 돌아오는 길에 내가 만화를 좋아한다는 걸 알게 된 후시미가 추천하는 작품을 가르쳐달라고 했기에 조금 보여주기로 했다.

남자들이 좋아할 만한 러브코미디라서 불안했는데, 기우로 끝난 모양이다.

흐음~, 이라든가, 호오~, 라든가, 추임새를 넣으면서 만화를 보는 후시미.

다리를 천천히 흔들고 있다.

옆을 힐끔 보니 가늘고 새하얀 허벅지가 눈에 들어와서 나는 급하게 눈을 돌렸다.

몸을 일으켜서 거리를 약간 벌렸다.

"누가 귀여운 것 같아?"

"음, 카린."

"아. 이해가 되네."

"귀여워."

카린이란 히로인 중 한 명이고, 처음부터 주인공을 좋아하는 여자애다.

심각한 내용이 거의 없어서 팍팍 읽어나갈 수 있다는 것도 매력 중 하나다.

다음, 다음, 후시미도 계속 다음 권으로 넘어가서 벌써 4권을 다 읽고 5권으로 접어들었다.

그녀는 데굴, 굴러서 하늘을 보거나, 다시 굴러서 엎드리는 등, 딱 좋은 자세를 찾으려 하고 있었다.

"그래도 누워서 보는 것보다는 의자에 앉아서 책상에 놓고 보는 게 제일 좋지."

만화를 잘 안 보는 후시미는 모를 것이다.

"흐음~."

그녀는 영차, 영차, 하면서 하늘을 보고 드러누운 채 몸을 움직였다.

"아. 이게 좋겠다."

그리고 책상다리를 하고 앉은 내 무릎에 머리를 얹었다.

"……아, 신경 쓰지 말고 게임 하세요."

그렇게 말하며 다시 만화를 보기 시작하는 후시미.

신경을 안 쓸 수가 없잖아.

"머리, 무거워."

"잠깐만, 잠깐만."

어쩔 수 없지…… 응? 무릎을 구부리고 있어서 그런지 치맛자락이 평소보다 올라가 있다. 평소에는 가려져 있던 허벅지 부분도 다 보였다.

"으."

침대에서 굴러다니고 있으니 바람이 살짝 불면 뒤집어질 것 같다.

"후시미…… 저기, 치마……. 그게, 보일 것 같은데."

후시미는 작은 가슴 위에 만화책을 편 채 엎어두었다.

그러고는 한 손으로 치맛자락을 쭉 잡아당겨서 무릎 위 15센티미터 위치로 돌려놓았다.

후시미의 얼굴이 약간 빨개졌다.

"……료 군, 변태."

"변태가 아니라, 주의를 주려고……."

후시미가 진지한 표정으로 나를 보고 있었다.

"료 군도 여자애 팬티를 보고 싶어?"

그 만화에 그런 장면이 있었지.

과격하지는 않지만, 초등학생도 읽을 수 있을 정도로 약간 야한 장면.

"나는 보고 싶지 않은데."

사실 엄청 보고 싶다.

"흐음……, 볼래? 이렇게 물어봐도 안 볼 거야?"

진짜로?

"……안 봐."

"후후. 그렇게 말할 줄 알았으니까 물어본 거야."

믿고 있는 건지 얕보고 있는 건지, 잘 모르겠다.

다시 만화를 들고 보기 시작한 후시미.

또 치맛자락이 슬금슬금 내려오기 시작했다.

무방비하네…….

허벅지와 치맛자락 위치가 신경 쓰여서, 게임에 집중할 수가 없다.

"주스 좀 가지고 올게."

"어? 괜찮아. 신경 쓰지 마."

"됐어."

나는 후시미가 베개로 쓰고 있던 무릎을 빼낸 다음, 침대에서 일어나 방을 나섰다.

"휴우……."

이 방은 대체 뭐야? 내 인내심을 시험하는 방인가?

MP가 확 깎여나간 것 같다.

기분도 전환할 겸, 1층에서 주스를 따라서 방으로 가지고 왔다.

"저번에 먹었던 사과 주스도 괜찮지?"

"어──?! 그, 그래, 응!"

만화를 내려놓고 있었던 후시미는 내가 들어오자마자 처억, 침대에 무릎을 꿇고 앉았다.

"?"

"……윽."

나와 눈이 마주치자 후시미가 바로 눈을 피했다. 목을 살짝 울리면서 정좌를 풀었다.

왠지 표정이 굳은 것 같은데……?

그녀는 입술을 안쪽으로 말아 넣고, 혀로 살짝 적셨다.

"뭐야, 목이 마르면 말을 하지."

정말, 나는 그렇게 생각하며 가져온 잔 중 하나를 후시미에게 건넸다.

"고, 고마워……."

건네는 순간, 손가락 끝이 닿아서 가슴이 두근거렸다.

"미, 미안……."

"괘, 괜찮아……."

왠지 분위기가 이상하다.

후시미는 받은 주스를 소리 내며 다 마셨다.

같은 침대에 있는 것도 좀 그러니까, 게임은 의자에 앉아서 할까.

잔을 책상 위에 올려놓자 낯선 게 있다는 걸 눈치챘다.

손바닥 위에 올려놓을 수 있을 정도로 작고, 정사각형에 얇은 무언가. 그 안에 동그란 무언가가 들어있다는 걸 알 수가 있었다.

야한 걸 할 때 에티켓이라는 그거네?! 어디서 나온 거지?

정사각형 안에 있는 원의 면적을 구하라는 건 아니겠지, 이거.

그 포장에는 '오빠야, 홧팅♡'이라는 마나의 글자가 적혀 있었다.

그 가루! 쓸데없는 걱정이긴!

대, 대체 이건 언제부터 여기…….

혹시 내가 눈치채지 못했을 뿐이고, 계속 있었나…….

내가 방에서 나갔을 때, 후시미가 그걸 눈치챘고——.

"……만화, 계속, 읽을까…….."

후시미가 무릎 꿇고 앉아서 만화책을 들었다.

위아래가 반대야!

야한 걸 할 때의 에티켓 때문에 동요했구나?! 얼굴이 새빨갛잖아!

후시미는 아까처럼 '료 군도 참, 변태구나?' 같은 느낌을 보여주지도 않고, 그냥 동요하고만 있었다.

농담할 여유조차 없는 모양이다.

팬티를 본다, 안 본다처럼 유쾌한 '변태'라는 느낌이 아니라 좀 생생하고 심각한 '변태'를 봐버려서…….

습, 하, 습, 하. 그렇게 심호흡을 하고는 손을 부채처럼 흔들어서 달아오른 얼굴을 부치고 있다.

"후, 후시미."

"네헷?!"

꿀꺽, 긴장하면서 목을 울린 걸 내가 있는 곳에서도 알 수가 있었다.

"마, 만화는 빌려줄 테니까. 나, 나, 보, 볼일이 생각나서."

"그, 그, 그렇구나."

"마, 마, 맞아."

"그, 그럼, 나는, 가, 갈게──."

최신간까지 그 만화를 빌려주기로 하고, 작은 종이봉투에 넣었다.

바깥은 어느새 어두워졌기에 후시미를 집까지 바래다주기로 해서 집을 나섰다.

우리 사이에는 약간의 긴장감과 침묵이 감돌았다.

미묘한 분위기였다.

마음의 준비도 없이 그걸 보면 당황스럽기도 하겠지. 남자인 나도 그랬는데.

후시미네 집이 보이자 그녀는 여기까지 바래다주면 된다며 내가 들고 있던 종이봉투를 받아들었다.

"아, 응. 그럼 내일 보자."

내가 등을 돌리고 걸어가기 시작하자 큰 목소리가 들렸다.

"료, 료 군!"

후시미가 현관문을 방패로 삼으려는 듯이 고개를 쏙 내밀고 있었다.

"왜 그래?"

"──그, 그런 건, 나, 순서를 지키지 않으면 싫으니까! 지, 진짜, 바보!"

후시미는 도망치듯 집 안으로 들어가 문을 닫았다.

"그, 그건! 내가 준비한 게 아니라──."

사정을 설명하려 해도 이미 떠난 뒤였다.

"마나 때문에⋯⋯."

나는 머리를 벅벅 긁은 다음 집으로 돌아갔다.

⋯⋯그래도 최악이란 소릴 듣거나 원숭이 취급을 받지는 않았다.

문득 방금 들은 말이 떠올라서 후시미네 집을 돌아보았다.

2층. 후시미의 방 창문에 불이 켜져 있었다. 레이스 커튼이 열리고 사람이 나타나 손을 흔들고 있었다.

나도 손을 흔들어 주었다.

……후시미.

순서를 지키지 않으면 싫다는 말은 순서만 지키면 괜찮다는 뜻이거든?

아니……, 그냥 말꼬리를 잡은 거겠지.

㉒ 후시미 버프

역시 그걸 책상 위에 올려놓은 범인은 마나였다.

"타카모리 가문의 장남이라면 확실하게 절도를 지켜야지."

내가 다그치자 마나는 그런 말을 꺼냈다. 진지한 표정인 걸 보니 진짜로 그렇게 말하는 것 같았다.

확실하게 절도를 지킨다니, 마나의 기준을 잘 알 수가 없다.

"타카모리 군~? 다음 수업은 체육관으로 가면 돼?"

수업이 끝나자 쉬는 시간에 여자애가 말을 걸었다.

"아, 응. 아마 그럴 거야."

"고마워~."

여자애는 그렇게 말하며 떠나갔다.

고오오오……!

옆에 앉아있던 후시미가 푸른 불꽃 같은 걸 내뿜고 있었다.

"……어라? 아니야? 체육관 맞지 않나?"

"아니…… 맞아."

목소리 낮네. 지옥의 바닥에서 울려 퍼지는 것 같을 정도로 낮다. 맞으면 된 거잖아. 왜 그렇게 토라진 건데.

"료 군 말고 나한테 물어보면 되잖아. 내가 더 착실하니까."

흥흥, 후시미는 그렇게 중얼거리며 화를 내고 있었다.

"그 반응은…… 아무리 생각해도…….."

점심시간, 물리실에서 그 이야기를 했더니 토리고에가 말끝을 흐렸다.

여전히 서로 떨어진 곳에 앉아있지만, 조용해서 작은 목소리도 들렸다.

"후시미는 완고하다고 해야 하나, 성실하니까 느슨한 내가 더 물어보기 편한가 싶어서."

"그건 왠지 이해가 되네. 여자애들에게도 일단은 있거든, 격이 다르다든가 그런 거."

후시미 양처럼 정점에 서 있는 사람들은 모르겠지만, 하고 토리고에는 이야기를 꺼냈다.

"껄끄럽다고 해야 하나. 그래서 타카모리 군처럼 적당하고 느슨한 사람이 더 말을 걸기 편한 거야. 서민들에게는 점잖은 공주님보다는 아랫마을에서 자란 시종이 더 친근하겠지?"

그런 건가?

"그럼 토리고에도 마찬가지야? 같은 여자인 후시미보다 내가 더 이야기하기 편해?"

"이성 쪽이 오히려 더 편할 때도 있어. 이성이라는 것만으로도 B반 여자애들의 격 랭킹에서 제외되니까."

흐음. 나는 콧소리를 냈다.

후시미는 오늘도 반 친구들과 식당에 갔다. 내숭을 떨면서.

그런데 그 푸른 불꽃은 뭐였던 걸까.

"후시미 버프도 있을지 모르겠네."

"버프?"

"그래. 후시미 양이 타카모리 군하고 즐겁게 지내니까 여자애들이 보기에는 매력적으로 느낀다든가, 그런 거겠지."

여자애들은 잘 모르겠네…….

이야기를 마친 토리고에가 젓가락을 움직여서 도시락을 먹었다.

"그런 식으로 예상하는 걸 보니까, 토리고에도 그렇게 생각해?"

"콜록, 크엑."

토리고에가 숨이 막힌 모양이었다.

"괜찮아?"

"가, 갑자기 무슨 소릴 하는 거야."

페트병 뚜껑을 열어서 차를 마시는 토리고에.

"아니, 이것저것 잘 보고 있다 싶어서."

"딱히, 그럴 생각은……."

숨이 막혀서 그런지 얼굴이 빨갛다.

나나 후시미보다 뒤쪽 자리에 있으니까 우리 쪽이 잘 보일 것이다.

어흠, 어흠, 토리고에는 그렇게 몇 번 기침을 하고는 겨우 차분해졌다.

"……그래서, 타카모리 군에게는 지금 그 후시미 버프가 걸린 상태라는 거야. 무슨 뜻인지 알겠어?"

"내가 더 말하기 편하다는 뜻이잖아."

내 대답이 미묘했는지, 토리고에는 고개를 저었다.

"정답은 아니지만, 완전 빗나가지도 않았어. 60점이라는 느낌."

뭐야, 그게. 수수께끼?

"양이 있습니다."

"왜 그래? 토리고에. 갑자기."

"양 한 마리가 있는데, 늑대 한 마리가 그 양을 노리고 다가왔습니다."

"토리고에, 왜 그래?"

"그러자 그 양을 알고 있던 늑대들은 '저 녀석이 노리는 걸 보니 저 양이 맛있는 거 아닐까?'라고 생각합니다."

판타지 그림책 같은 이야기인가……?

"그렇지?"

그렇지? 는 무슨. 대체 무슨 소린데.

이렇게까지 말해줬으니 이제 알겠지, 라는 표정 짓지 말라고.

드르륵, 갑자기 문이 열렸다.

거기에는 후시미가 있었다.

"……료 군, 5교시 세계사, 세계지도가 필요하니까 준비하자."

그러고 보니 선생님이 그런 말을 했던 것 같은데.

"그래."

나는 그렇게 애매하게 대답하고 다 먹은 도시락을 정리했다.

딱히 인사를 하지도 않고 물리실에서 나와서 후시미와 함께 세계사 자료실로 향했다.

선생님에게 받아두었는지, 열쇠는 후시미가 가지고 있었다.

좀 전에 토라졌던 것도 어느 정도 풀린 것 같았다.

"읽었어, 빌려준 것까지 전부."

"그랬구나. 어땠어?"

"다들 귀엽고, 재미있었어."

남자들이 읽는 러브코미디라서 후시미에게는 안 맞을 줄 알았는데, 다행이다.

"그런데."

후시미는 그렇게 말하며 입술을 삐죽댔다.

"카린이 약간 물러나는 느낌이 되었잖아. 그게 이해가 안 돼."

왕도 러브코미디에서는 가끔 나오는 전개다.

주인공을 좋아하는 히로인이 한두 명씩 늘어가고, 주인공의 처지나 히로인들의 마음을 알게 된 카린은 방관자 같은 위치가 된다.

"귀엽다고 했으면서."

"좋아하니까 응원하는 거잖아. 그런데……."

"그건 뭐, 본인도 말했잖아. 주인공을 생각해서 그랬다고 해야 하나…… 물러나는 게 자신에게도 도움이 된다는 거지."

"그런 건 그냥 변명이잖아."

후시미가 카린을 싹둑, 베어버렸다. 독설 악플러의 댓글처럼 예리했다.

세계사 준비실 앞에 도착하자 그녀는 철컥철컥, 거칠게 열쇠를 꽂아 넣었다.

"어른인 척하면서 패배 선언하고. 아직 좋아하는 주제에. 비극의 히로인 같은 건 그냥 괴로울 뿐이야."

훌쩍, 후시미가 콧소리를 울렸다.

눈가의 눈물을 닦은 후시미가 문을 열어주었기에 안으로 들어갔다.

"몇 권까지 있어?"

"아직 연재 중이고 10권쯤 나왔으니까, 좀 더 이어질 것 같은데."

나는 대답하면서 세계지도를 찾아보았다. 금방 찾아냈다.

혼자 들기 벅찰 정도로 크기가 크다.

"자기 마음을 감추고, 억누르고, 좋아한다고 말하지 못하는 건 괴로워."

후시미는 카린에게 상당히 감정을 이입한 모양이다.

"나는…… 만약에 나라면 자기가 좋아하는 마음을 밀고 나갈 거야."

그녀가 내 눈을 보며 딱 잘라 말했다.

"항상 곁에서 받쳐주고, 거기다 귀엽고, 착한 애인 것만으로는 안 돼? 나는 분해…… '소꿉친구'는 나중에 나온 여자애에게 반드시 지니까……."

틀에 박힌 듯한 묘사는 없었지만, 카린이 그런 설정이긴 했지.

"자자, 진정해. 만화니까."

그렇지, 후시미는 그렇게 아직 납득이 안 된다는 듯한 목소리로 대답했다.

세계지도를 교실로 옮기는 도중에 계속 입을 다물고 있는 것도 껄끄러웠기에 화제 삼아 꺼내보았다.

"왜 푸른 불꽃을 내뿜은 거야?"

"어? 그게 뭔데."

"아, 아니, 그런 식으로 보였을 뿐이고, 실제로는 안 나오긴 했는데. 체육 시간 전에."

"아…… 그거 말이지……."

그녀는 한참 생각에 잠기는 듯이 입을 다물고 있다가 이쪽을 살짝 보았다.

"료 군은 말이야……, 내가 남자애들하고 이야기하면 기분이 나빠지지 않아?"

괜히 지금까지 계속 같은 반이었던 게 아니다. 같은 반 남자애들하고 이야기를 하는 모습은 초등학교 때부터 계속 봐왔다.

"그러진 않는 것 같은데."

그 말에 후시미는 눈썹을 움직이며 볼을 부풀렸다.

"……그럼 안 가르쳐 주지~."

그게 뭐야. 내가 그렇게 말하자 표정이 확 바뀐 후시미는 '아하하', 하고 웃었다.

㉓ 나만이 알고 있다

『료 군, 료 군, 오늘 한가해?』

『같이 학교에 다녔으니까 알잖아. 굳이 오늘뿐만이 아니라 보통은 한가하지.』

『잘됐네. 그럼 방과 후에 노래방 안 갈래?』

『노래방? 그래, 응, 괜찮긴 한데..』

신기하네. 후시미가 방과 후에 어디에 가자고 하다니.

방과 후가 되어 집에서 가장 가까운 역으로 가보니 무슨 일인지 알 수가 있었다.

개찰구를 나서자 우리와는 다른 학교 교복을 입은 남녀 다섯 명이 있었다. 여자 두 명에 남자 세 명.

"뭐야, 그런 거였나······."

"왜 그래?"

스윽, 후시미가 고개를 갸웃거렸다.

그렇지. 단둘이 가자는 말은 한 마디도 안 했으니까.

확인했어야지.

지금 와서 그냥 가겠다고 하는 것도 좀 그렇고······.

그 다섯 명과 합류한 후시미는 같은 중학교 친구들과 '오랜만이야'라든가 '잘 지냈어?'라는 인사를 하고 있었다.

왠지 신이 난 것 같아서 그냥 가기도 껄끄럽네······!

나도 일단은 후시미를 흉내 내며 인사 정도는 해두었다.

남자 세 명 다 얼굴만 아는 정도였고, 딱히 친했던 건 아니다.

"동창회 같은 분위기로 즐기자~!"

여자애 중 한 명이 그렇게 말했고, 모두가 맞장구를 쳤다. 마음속으로 한숨을 쉬며 나도 맞장구를 쳐두었다. 마음에도 없는 미소를 지으면서.

후시미는 아마 끈질기게 제안받아서 거절하지 못했던 것 같다.

노래방에 다닌다는 이미지도 별로 없고.

역 앞에 바로 있는 가게에 가는 모양이었고, 가는 도중에 이것저것 후시미에게 질문이 날아들었다.

학교에 대해서나 클럽활동, 남자친구가 있는지 등.

내숭 떠는 공주님은 미소로 대답하고 있었다.

3-3-1 포메이션으로 길을 걸어갔다. 앞줄 가운데가 후시미. 나는 제일 뒤쪽 1 포지션이다.

노래방에 들어가서 시간을 정하고 점원이 안내해준 방으로 향했다.

후시미가 말을 걸었다. 그런데 살짝 웃고 있다.

"료 군, 노래방 와본 적 있어?"

"얕보지 마. 마나하고 꽤 자주 왔거든."

"어~? 뜻밖이네."

……기세를 타서 꽤 자주 온다고 했는데, 구체적으로 말하자면 1년에 몇 번 정도다.

"그런데 후시미 너는?"

"나는…… 그럭저럭."

편리한 말이네, 그럭저럭.

약간 자신 있다는 듯한 표정인데.

음료수 코너에서 음료수를 챙겨서 방으로 들어가자 각자 차례대로 곡을 예약하기 시작했다. 유행하는 곡이나 누구나 알고 있는 아이돌 곡이 흘러나오자 손뼉을 치고 마라카스를 흔들고 교대로 노래를 부르는 등, 그럭저럭 분위기가 달아올랐다.

"료 군은 무슨 노래 부를 거야?"

내게 돌아온 단말기를 만지작거리고 있자니 내숭을 떠는 걸 깜빡한 후시미가 흥미진진하게 내 손 근처를 들여다보았다.

『오빠야, 내가 필살기를 전수해줄게.』

『노래방에 그런 게 어딨어.』

『곤란해지면 애니송이야. 비슷한 나이 또래끼리 가면 오빠야가 보던 거라도 괜찮아. 그거라면 할 수 있어!』

『몇 가지 없다는 절대적인 정답이네…….』

『영상이 제대로 나오는 걸로. 그러면 신이 날 거고, 다들 노래보다는 영상에 눈이 갈 테니까. 마이크 없이 노래를 부르는 사람이 있으면 그 사람에게 마이크를 넘겨도 되고.』

『천재냐……, 진짜 필살기잖아.』

——흥. 드디어 마나 이론을 써먹을 때가 된 것 같군.

"뭐, 기대하라고."

후시미에게 들키지 않게끔 정보를 송신했다. 디스플레이 구석에 곡 이름이 떴지만, 그것만으로도 알아본 사람은 없었다.

내 앞에는 후시미 차례였다.

곡 이름은 모르겠지만, 전주를 듣고 무슨 곡인지 알았다.

작년쯤 유행했던 싱어송라이터의 발라드 곡이다.

모두가 조용히 듣고 있다는 걸 알 수 있었다. 힘찬 목소리와 억양이 기분 좋게 귓가에 흐른다.

평소의 목소리와는 전혀 달랐다.

나도 조용히 흐르는 곡과 노랫소리를 듣고 있었다.

노래를 다 부른 후시미가 '다음, 료 군이지'라며 마이크를 건넸다.

"……아, 응……"

"히나, 잘 부른다."

"후시미 양, 장난 아닌데."

멤버들은 신이 나서 후시미를 칭찬했다.

뭔가 배운 거 아닐까 하는 생각이 들 정도로 잘 불렀으니까. 깜짝 놀랐다.

그런데——, 노래 부르기 껄끄럽다고오오오오!

그럴 거면 그렇다고 미리 말을 하지!

애절한 발라드 다음에 애니송이거든?! 분위기를 박살 내겠습니다, 실례합니다.

아……, 마나 이론을 써먹을 타이밍을 착각한 거 아닌가…….

마이크가 켜져 있다는 걸 확인한 다음, 헛기침을 한 번 했다.

내 걱정은 기우로 끝났다.

영상이 흘러나오기 시작한 순간, 남자 세 명의 기어가 끝까지 올라갔다. 여자애의 사랑하는 마음을 노래한 발라드보다는 이쪽이 더 좋았던 모양이다.

여자애들은 '아, 알아, 알아' 정도 반응이었지만, 남자애들이 신이 났기에 마나 이론은 성공했다고 할 수 있다.

잘하는 것도 아니고, 못하는 것도 아니고, 그렇게 재미가 별로 없는 내 노랫소리는 아무도 듣지 않았던 것 같다. 다행이다, 다행이야.

그런 느낌으로 한 바퀴, 두 바퀴 돌아갔고, 여자애 두 명이 화장실에 갔다.

그러자 잠시 쉬는 시간이 되어 나는 다 마신 컵을 들고 음료수 코너로 향했다.

"료 군, 꽤 잘 부르던데."

따라온 후시미가 웃으며 말했다.

"보통이지, 보통."

"미안해. 오늘 멤버에 대해서 미리 말해둘 걸 그랬어."

"그런 건 신경 쓰지 마. 나도 안 물어봤으니까."

처음에는 불안했지만, 남자들이 그렇게 신이 나니까 선곡한 보람도 있다.

히나 노래 잘하더라~. 화장실에 다녀온 여자애들의 목소리가 모퉁이 너머 통로 쪽에서 들렸다.

"타카모리 군은 왜 데리고 왔을까? 3대3이 아니게 되잖아."

"안 그러면 안 간다고 하니까."

"흐음. 그래도 그 상황에서 애니송은 아니지."

"응, 분위기 파악 좀 하지──."

까하하, 웃음소리가 울렸다.

후시미의 표정에서 미소가 스윽, 사라졌다.

이런 걸 살기라고 해야 하나. 표정이나 행동에 그게 새어 나오고 있었다.

"괜찮으니까, 내버려 둬. 딱히 악의가 있어서 그런 것도 아닐 테고——, 아, 잠깐만, 야."

후시미가 내 손을 세차게 떨쳐냈다. 그리고 발소리를 울리면서 모퉁이를 돌아섰다.

"아, 히나——."

"노래방에서 선곡하는데 규칙이 있어?"

목소리만 들어도 알 수 있다. 완전히 화가 났다.

그냥 계속 내숭을 떨어도 되는데.

"어? 얼굴 무서워. 왜 그래?"

"남자애들은 신나게 잘 놀았잖아. ——료 군은 분위기 파악을 못 한 게 아니야. 분위기를 파악하고 그렇게 한 거라고."

딱 잘라 말하자 두 사람이 입을 꾹 다물었다.

"……미안. 오늘은 이만 갈게."

그녀는 아직 화가 난 표정을 지은 채 이쪽으로 돌아왔다.

"료 군, 가자."

"아직 시간 남았는데."

"이제 됐어."

"정말 제멋대로 구는 공주님이네."

무슨 말을 해도 듣지 않을 것 같았기에 설득은 포기하기로 했다.

후시미는 나와 자기 몫 요금을 방에 있던 남자애들에게 건네고
는 가방을 들고 노래방을 나섰다.

나중에 돈을 주려고 했는데, 고집을 부리며 받으려 하지 않았다.

여전히 엄청 완고하네.

평소보다 걷는 속도가 빠르다. 알아보기 쉬운 녀석.

"아까도 말했지만, 악의가 있어서 그런 게 아니라 그냥 좀 놀린
것뿐이고……."

"그래도 그건 아니야."

아직 화가 나 있다. 토라진 듯이 입을 꾹 다물고 있었다.

"미안해……. 같은 중학교 애들하고는 즐겁게 놀 수 있을 줄 알
았는데, 역효과였던 모양이네."

"그렇진 않아. 노래하거나 들을 때는 나름대로 즐거웠으니까."

"정말이야? 그럼 다행이지만."

"나는 그냥 내버려 둬도 되는데, 일부러 다투기까지 하고……."

"괜찮아. 료 군도 내가 험담을 들었을 때 나서서 말해줬잖아."

"나는 상관없어. 호감도가 거의 0이니까."

"그렇지 않거든요. 왜 그렇게 자기 평가가 낮아?"

왜냐고 해도 말이지.

집에 가는 길에 옆에 있던 소꿉친구가 나를 빤히 바라보았다.

"……멋있어, 료 군은."

"대놓고 그런 말은 하지 말아줘."

그런 말은 들어본 적이 없어서 반응하기가 곤란하다.

"나만 알고 있으면 상관없나?"

그녀가 후후후, 하고 이번에는 미소를 지었다.

표정이 정말 확확 바뀐다.

"다음에는 둘이서 가자."

"둘이서 가는 거면, 뭐, 괜찮겠네."

"앗싸."

나는 기분이 좋아진 후시미를 집까지 바래다 주었다.

Illustrations copyright © Fly

㉔ 한 바퀴 돌아서 멋을 부린 것도 아니다

토요일 오전, 아침 식사를 적당히 때우고 나갈 준비를 했다.

날씨는 맑음. 강수확률은 오전 오후 양쪽 다 0.

외출하기 딱 좋은 날이었다.

"……."

마나가 방문 틈새로 이쪽을 빤히 보고 있었다.

"……뭐야."

"어디 가?"

"하마야 쪽."

하마야란 이 근처에서 가장 큰 번화가다. 쇼핑몰 같은 것들이 있어서 하루 종일 놀 수 있는 곳이 많다.

마나의 시선을 무시하고 옷을 갈아입고 있자니 휴대폰이 후시미의 메시지를 수신했다.

『방금 집에서 출발했어.』

그럼 5분 정도면 여기 도착하겠구나.

"오빠야가 그렇게 차려입다니…… 데이트?"

"아니야. 후시미하고 같이 외출하는 것뿐이라고."

"데이트네."

"아니라니까."

옷을 다 갈아입고 깜빡한 물건이 없는지 확인한 다음 방을 나섰다.

"흠흠. 오빠 차림새, 괜찮다."

마나는 엄지손가락을 치켜들었다.

언젠가 네가 추천해서 산 거니까.

"역시 내 센스는 대단하다니까."

"자화자찬하냐."

아래로 내려가자 마나도 배웅하려는 건지 따라왔다. 마침 초인종이 울렸고, 마나가 문을 열었다.

"히나, 안녕~."

"아. 마나. 안녕."

활기차게 인사를 나누는 두 사람.

"……히나."

"왜 그래?"

고개를 갸웃거리는 후시미를 마나가 머리부터 발끝까지 빤히 바라보았다.

후시미는 그런 마나를 아랑곳하지 않고 안쪽에 있던 나를 보고는 손을 흔들었다.

"빠야, 잠깐만."

표정이 어두워진 마나가 이쪽을 돌아보았다.

"저기, 저게 히나야?"

"보면 알잖아. 방금 인사도 했고."

"히나의 사복, 장난 아닌 것 같은데?"

장난 아닌가?

나는 여자 옷을 잘 알지도 못하고.

신경 쓰여서 마나 너머로 후시미를 슬쩍 보았다.

"⋯⋯⋯⋯장난 아닌 것 같기도 하네."

마이너한 마스코트 캐릭터 같은 느낌인 이상한 캐릭터가 큼직하게 박혀 있는 티셔츠와 초등학교 저학년 여자애가 입을 것 같은 펑퍼짐한 치마.

일부러 그런 건가⋯⋯?

내가 태클을 걸어주기를 기다리고 있는 건가?

여자 옷 같은 걸 전혀 알지 못하는 나도 저건 장난이 아니라는 걸 알 수 있는 수준이다.

"오빠야, 어떻게 된 거야? 저게 사춘기 여자애, 그것도 모두가 돌아볼 만한 미소녀의 센스야?!"

"자, 잠깐만, 저건 한 바퀴 돌아서 멋을 부린 거나 그런——."

"그럴 리 없잖아. 한 바퀴 돌기는커녕 코스에서 벗어났으니까."

"아니, 나도 알아. 나도 말은 그렇게 했지만, 전부 다 감싸줄 수가 없네."

"저게 진심으로 차려입은 거라면, 나 현기증 나서 쓰러질지도 몰라."

헉, 하고 마나가 뭔가 알아냈다는 듯이 눈을 크게 떴다.

"오빠야를 웃기려고 하는 거야. 저렇게 기분 나쁜 캐릭터 티셔츠를 입을 이유는 그것밖에 없으니까."

"그, 그런가?"

"아무런 반응도 안 보이고 무시하는 게 더 가엾잖아."

우리가 속닥이고 있자니.

"왜 그래?"

후시미가 별생각 없이 물어보았다.

마나가 턱을 움직여서 신호를 보냈다. 나는 고개를 살짝 끄덕였다.

"음, 그게 말이지. 후시미 옷이 센스가 괜찮다 싶어서."

"어? 정말로?!"

그녀는 반짝반짝, 눈을 빛내며 기쁜 듯이 제자리에서 빙글빙글 돌았다.

"다행이야~. 어젯밤부터 뭘 입을지 계속 고민했는데."

에헤헤, 후시미는 그렇게 방긋 웃었다.

"개그 센스가 정말 대단해! 브라보, 브라보. 엄청 재미있어."

나는 오케스트라 연주를 끝까지 들은 청중 같은 표정으로 박수를 쳤다.

"어──……?"

"그 옷은 됐고, 진짜 옷으로 갈아입고 가자."

왈칵, 후시미가 울상을 지었다.

"옷…………, 이거, 힘줘서……, 입고 온 건데…….."

펑펑 울기 5초 전!

이봐, 마나, 어떻게 할 거야. 웃기려고 입고 온 게 아닌데──?!

옆을 보니 마나가 현기증을 일으키며 쓰러져 있었다.

"이, 이게…… 이 동네 최고라는 미소녀의…… 사복, 센스…….."

"마나아아아아아아!"

"너, 너무 촌스러워……."

아아아, 기어코 말해버렸네!

"으으으윽!"

본격적으로 충격을 받은 후시미가 제자리에 주저앉았다.

"개그로 입은 게 아니라구우우우우우우."

우리 집 현관은 지옥 같은 광경이 되었고, 이제 외출 같은 걸 할 때가 아니었다.

깨어난 마나와 진정한 후시미를 일단 내 방으로 데리고 왔다.

"그것밖에 없어?"

패션 경찰의 취조가 시작되었다.

"이게 제일 좋긴 한데, 그 밖에도——."

그게 있고, 이런 것도 있고, 그리고——, 후시미가 예쁘다고 생각한 옷을 하나하나 말하기 시작했다.

그럴 때마다 마나의 표정이 점점 어두워졌다.

"애초에 라인업부터 끝장났네……."

"끝장났다고 하지 마!"

"그런 옷장을 보면 불태웠을 거야."

"타는 쓰레기 취급하지 마!"

에휴, 하고 크게 한숨을 쉬는 마나.

"오빠야가 데이트 가는 건 처음이라, 상대가 누군가 싶었는데 히나였어. 그럼 안심이라고 생각했는데."

"아니, 처, 처음 아니거든?"

"왜 허세를 부리는 거야, 처음이잖아."

……네.

……어떻게 안 거야?

풀 죽은 후시미가 조용히 말하기 시작했다.

"옷을 산 적이 없어서……, 집에 있던 것만 입었고……."

"중학교 때나 최근에는 어떻게 했어?"

"휴일에 놀자고 하면 거절했으니까."

"흐음, 흐음. 교복만 입고 놀러 다녔단 말이지."

후시미는 맞다며 고개를 끄덕였다.

그 모습을 보고 동정했는지, 마나가 일어섰다.

"알았어. 내가 옷을 빌려줄게!"

"그래도 돼……?"

"응! 어차피 오빠야는 갸루를 좋아하니까 일석이조겠지."

후시미가 눈을 흘기며 이쪽을 보았다.

"아니, 그게 아니야. 딱히 좋아하는 게 아니라고. 그 잘못된 정보는 어디서 나돌아다니는 건데?"

가자, 가자, 하며 마나가 후시미의 손을 잡고 자기 방으로 데려갔다.

"그 촌스러운 티셔츠, 일단 벗어."

"말이 좀……."

"히나, 작구나, 가슴."

"어차피 안 큰다고~."

꺅꺅, 새끼 고양이들이 장난치는 듯한 목소리가 방에서 들렸다.

후시미에게 갸루 패션은 어울리지 않을 것 같은데, 어떨까.

"화장도 제대로 해야지."

"했거든~."

"아니야, 아니야. 옷에 맞게 화장을 하는 거지. 안 그러면 통일감이 없어서 따로따로 노니까."

"……네."

이러쿵저러쿵, 마나가 뭔가 제안하고, 후시미가 거절하고, 그 말을 다시 마나가 부정하고──, 그런 이야기가 들리는데, 분위기는 왠지 즐거운 것 같았다.

"좋았어. 완벽해!"

"오, 오오오오오오오오오?!"

어떻게 된 거지? 뭐가 대체 어떻게 된 거야?

복도를 들여다보니 문이 철컥 열리고 마나가 나왔다.

마나가 그 뒤에 숨어있던 후시미를 앞으로 내보냈다.

팔과 쇄골 근처에 약간 비쳐 보이는 레이스(?)가 섹시한 옷과 꽃무늬 치마.

"어때, 어때, 오빠야. 내 멋지고 귀여운 패션."

빙글빙글, 마나가 후시미를 제자리에서 돌렸다.

등이 3분의 1 정도 보였다.

조금 섹시해서 두근거렸다.

평소에는 생머리였는데 지금은 살짝 웨이브가 들어가 있다.

"료 군, 어때?"

"어, 엄청…… 귀여운 것 같네요."

앗싸. 후시미가 그렇게 말하며 살짝 뛰어오르고는 마나와 하이 파이브를 했다.

원래 소재가 좋아서 그런지 더욱 도드라져 보인다.

마나 옷이라서 몇 번인가 본 적이 있지만, 후시미가 입으니 조금 다른 느낌이 들었다.

중학교 때 차려입었던 깜짝 갸루 패션은 미묘했지만, 이건 정말 잘 어울린다.

완전히 갸루인 것도 아니고 후시미에게 어울리게끔 마나가 자잘하게 조정해준 것 같다.

"마나, 근데, 이 옷, 브라가 보이진 않을까……?"

"괜찮아, 괜찮아, 살짝 정도는 보여줘도 괜찮아."

"아, 안 되지!"

얼굴을 붉힌 후시미가 '괜찮아? 안 보여?'라고 몇 번이나 마나에게 물어보고 있었다.

"오빠야가 기뻐할 텐데."

"……."

"내가 그렇게 입으면 그러지 말라고 하면서도 기뻐하거든?"

"어?"

후시미의 목소리가 낮아졌다.

마치 음식물 쓰레기를 보는 듯한 눈빛으로 이쪽을 보고 있다.

"아, 안 기뻐해!"

마나가 깔깔대며 웃었다.

"다음에 나랑 같이 쇼핑하러 가자. 이것저것 조언해줄 테니까."

"응. 고마워, 마나."

나와 후시미가 그랬듯이, 마나와 후시미도 어렸을 때부터 같이 놀았던 사이니까 이 두 사람도 소꿉친구란 말이지.

"료 군, 갈까?"

"아, 응."

　익숙하지 않아서 그런지 옆에 있는 사람이 후시미지만 그렇지 않은 느낌이 들어서 신선하다고 해야 하나, 왠지 긴장된다.

　드러난 피부는 하얗고, 등과 옷 너머로 약간 부풀어 오른 견갑골이 섹시했다.

　푸핫. 몸을 숙이니까 틈새로 브래지어가 보이잖아.

　본 걸 들키지 않게끔 나는 힘껏 고개를 돌렸다.

　그렇게 나는 멋지고 귀여운 갸루가 된 후시미와 예정보다 한 시간 정도 늦게 집을 나섰다.

㉕ 팔걸이는 어느 쪽을 써야 하는 거지?

　노래방에 갔을 때 있었던 일에 대해 사과할 겸──.
　후시미가 그런 식으로 말을 꺼냈기에 주말에 외출하게 되었다.
　딱히 노래방에서 있었던 일을 신경 쓰는 건 아니었지만, 후시미는 그러지 못한 것 같았다.
　신경 안 써도 된다고 몇 번이나 말했는데.
　그렇게 마나 옷으로 갈아입고 진짜 갸루에게 화장을 받아서 멋지고 귀여워진 후시미와 전철을 타고 번화가로 왔다.
　"그 힐도 마나 거야?"
　"응. 사이즈가 같아서 다행이지~."
　그러고 보니 키도 거의 비슷한 것 같다.
　상가가 여러 개 늘어서 있는 와중에 목적지인 쇼핑몰로 향했다.
　"료 군 옷, 멋지다."
　응, 응응. 후시미는 그렇게 말하며 내 몸을 머리부터 발끝까지 한번 쭉 바라보았다.
　마나가 맞춰준 옷인데, 보아하니 후시미도 마음에 든 모양이었다.
　수수한 나도 어느 정도는 괜찮아 보이는 것 같다.
　랄라, 하며 신이 나서 옆을 걸어가던 후시미가 쇼케이스 쪽을 힐끔 보았다.

그 안에는 계절 옷과 그것을 입은 마네킹이 있었다.

"이 가게가 신경 쓰여?"

"아니. ……우리가 어떤 관계로 보일까——, 싶어서."

"글쎄. 같이 노는 친구?"

발끈, 토라진 후시미가 '뭐, 그렇겠지' 하며 빨리 걸어가기 시작했다.

"삐졌어?"

"안 삐졌거든요."

완전히 토라졌다.

차량 아이스크림 가게가 있길래 소프트크림을 하나 샀다.

"……먹을래?"

"먹을래."

후시미가 눈에서 별 같은 걸 흩뿌리며 단숨에 마음을 풀었다.

여전히 단 걸 좋아하는 것 같다.

스푼하고 아이스를 건네자 한 입 먹은 후시미가 행복하다는 듯이 눈을 가늘게 뜨고 있다.

근처에 있던 적당한 벤치에 앉았다.

"자, 료 군."

그녀가 스푼으로 한 입 분량을 떠서 이쪽으로 내밀었다.

——이거, 아까부터 쓰던 거지? 하나밖에 없으니까.

"……."

가, 가, 간접 키스잖아.

그래도, 잠깐.

지금 거절하면 내가 간접 키스에 겁먹은 것 같잖아?

가, 간접 키스 정도는 마나하고도 항상 하니까.

"그, 그래. 좋아."

스푼을 받아 들려고 했을 때.

"아니야, 아니야."

그녀가 그렇게 말하며 진지한 표정으로 고개를 저었다.

"입 벌려."

"어?"

"입. 아앙~. 녹아버리겠다. 얼른."

간접 키스보다 랭크가 하나 더 높은 거였네?!

"어, 얼른⋯⋯."

작은 목소리로 말하는 후시미의 볼이 빨갛게 물들어 있었다.

창피하면 하지 말라고. 나까지 쓸데없이 창피해지잖아.

"다른 사람들 앞에서 이런 짓을——, 으읍."

입에 스푼이 들어왔다.

"맛있어?"

"응⋯⋯."

"다행이네."

방긋, 그런 소리가 들린다고 착각할 정도로 멋진 미소였다.

계속 아앙~ 을 해달라고 할 수는 없었기에 후시미는 계속 스푼
을 써서 먹었고, 나는 가끔 그냥 입을 대고 먹었다.

"오늘은 목적 같은 거 있어?"

"목적이라~. 아, 있거든?"

"뭔데?"

"비밀."

그게 무슨 소리야.

벤치에서 다리를 흔들며 콧노래를 부르는 후시미.

콧노래까지 잘 부르네.

이런 후시미는 낯설어서 그런지 매우 신선했고, 귀엽다는 생각이 들어버렸다.

……아니, 갸루가 되어서 그런 게 아니라, 뜻밖의 일면을 봤다고 해야 하나, 그런 느낌으로.

"아까부터 꽤 자주 보는 것 같은데, 료 군은 역시 갸루를 좋아하는구나."

"그건 그냥 놀리지 못하게 하려고 위장한 거고, 딱히 좋아하는 건 아니라니까."

몇 번을 말해야 알아들을 건데.

쿡쿡, 후시미가 미소를 지었다.

"아니. 만약에 정말로 그런 거라면 마나의 제자가 되어서 열심히 배울 건데?"

가슴이 떨린다. 학교와는 다른 모습이라 그런지, 아니면 낯선 후시미가 곁에 있어서 그런지.

잘 알 수가 없었다.

아이스크림을 다 먹고 대형 상가로 들어갔다.

패션 브랜드와 영화관, 잡화점이나 음식점 등이 있고, 가족이나 어른, 아이들까지 다양한 사람들이 있었다.

건물의 안내도를 바라보고 있던 후시미가 조용히 입을 열었다.

'영화 볼 수 있구나'라는 말이었다.

"신경 쓰이는 게 있으면 볼까?"

"그럼, 가자!"

우리는 던전처럼 커다란 상가 안을 나아갔다.

내부 영화관에 도착했고, 후시미가 보고 싶어 했던 것은 서양 배틀 액션 영화였다.

눈물 나는 연애 영화 같은 게 아니라 다행이다……, 그런 걸 봐도 운 적이 없단 말이지.

표를 샀고, 시간이 되자 극장으로 들어갔다.

"저기, 후시미, 이래도 돼? 푯값을 네가 다 냈잖아."

오늘은 사과하려고 나온 거니까 뭔가 해주고 싶었던 모양이다.

"괜찮아, 괜찮아. 안 그러면 사과하는 게 아니라 그냥 놀러 나온 거잖아?"

후시미는 사과 자체가 필요 없다고 해도 양보를 전혀 안 하니까. 완고하고 성실한 녀석이다.

뭐, 그렇게 말한다면 어쩔 수 없다고 생각하며 호의를 받아들이기로 했다.

팔걸이에 팔을 올려놓았다.

말캉.

응? 이게 뭐지? 말캉말캉한데.

"~~~~윽!"

뭘 잡았는지 살펴보니 옆자리에 앉은 사람의 손이었다.

후시미가 얼굴을 새빨갛게 물들인 채 입을 V자로 다물고 있었다.

눈을 깜빡이는 횟수가 엄청난데! 동요한 거야? 그런 거지?

"이거, 내 팔걸이가 아니라——"

"내, 내, 내가, 쓸 건, 이, 이쪽이었네!"

"그그그그, 그렇구나!"

까, 깜짝 놀랐네…….

손을…… 잡아버렸어…….

"~~~."

눈을 꽉 감은 후시미는 여전히 부끄러워하고 있었고, 귀는 빨개졌고, 손을 소중하게 가슴에 감싸고 있었다.

나도 이상하게 부끄러워지기 시작했다. 이런 식으로 후시미와 놀러 다닌 적이 없어서 그런지 허둥대기만 한다.

실내가 어두워졌고, 영화가 시작되었다.

왕도 할리우드 영화로, 액션 장면이 있고, 러브스토리가 있고, 마지막에는 적을 쓰러뜨리고 히로인과 맺어지는 내용이었다.

전형적인 내용이긴 해도 영화관에서 보니 액션 신이 화려했고, 음향 효과까지 있어서 엄청나게 몰입되었다.

엔딩 롤이 끝나자 관객들이 우르르, 자리에서 일어났다.

"재미있었지."

"응. 영화관은 좋네."

"그치! 집에서 DVD를 빌려서 보는 거랑은 박력이 전혀 달라."

"아, 나도 그 생각 했어. 특히 이런 장르는 영화관에서 보는 게 좋지."

"그치~."

묘하게 이야기가 잘 통한다 싶었는데, 그럴 만도 하다.

어렸을 때부터 아동용 애니메이션을 같이 보거나, 부모님을 따라 그 애니메이션의 극장판을 같이 보러 가기도 했으니까 감각이 비슷한 게 당연하다고 할 수도 있다.

아무도 남지 않게 된 극장에서 스태프가 쓰레기를 회수하고 청소하기 시작했다.

우리도 자리에서 일어나 극장을 나섰다.

옆에 나란히 서 있던 후시미와 손등이 닿았다.

가슴이 두근거려서 나도 모르게 손을 빼버렸다.

──하지만.

손이 떨어지지 않았다.

내 손가락 끝을 후시미가 왼손으로 살짝 쥐고 있었다.

의도를 알 수가 없었다. 애초에 무슨 생각을 하는 건지 알 수가 없는 소꿉친구인데.

왜 그래? ──하고 물어보기 전에 후시미가 볼을 붉히며 말했다.

"오, 오늘은……, 이렇게 하고 있어도, 돼……?"

㉖ 마나P의 조언은 틀린 게 없다

살짝 잡힌 내 오른손. 거기를 통해 후시미의 체온이 느껴졌다.

뭐라고 해야 하지——? 이렇게 하고 있어도 되냐는 건, 그냥 이대로 있자는 뜻이지?

화, 화장실은 어떻게 하고——?!

머릿속으로 당황하고 있자니.

"나, 나, 화장실, 다녀올게."

그녀는 갑자기 손을 놓고 화장실 쪽으로 걸어갔다.

그, 그렇겠지. 화장실에 갈 때는 손을 놓겠지…….

나는 벽에 등을 기대고 숨을 내쉬었다.

예스야. 예스긴 한데, 깜짝 놀라서 아무 말도 하지 못했다.

갑자기 무슨 일이야, 라든가 왜? 라든가 이런저런 말이 떠올랐지만, 소리 내어 말하진 못했다.

그런 건 커플이 하는 거 아닌가?

사귀지도 않는데 손을 잡아?

주위를 보니 커플 같은 남녀가 드문드문 보였다.

느슨하게 팔짱을 끼거나 손을 잡은 사람도 있었다. 커플이라면 뭐, 저 정도는.

"……."

나와 후시미가 그렇게 한다고 생각하니 얼굴이 달아오를 것 같았다.

후시미가 화장실에 가서 시간이 생겼으니 다행이지. 그대로 계속 있었다간 열이 올라서 계속 아무 말도 하지 못했을 가능성이 있다.

별생각 없이 윗도리 주머니에 손을 넣어보니 반창고가 나왔다.

"이게 뭐지?"

넣어둔 기억은 없고……, 딱히 쓸 예정도 없다. 마나가 몰래 넣어둔 건가?

넘어져서 까지면 쓰라는 건가?

고개를 갸웃거리고 있자니 후시미가 돌아왔다.

"미안해, 기다렸지. 갈까."

어라. 생각했던 것보다 멀쩡하네.

후시미는 걸어가기 시작한 내 옆에 나란히 붙었다.

손 근처를 힐끔 보았지만, 아까 같은 일은 일어나지 않았다.

내가 아무런 말도 안 해서 그만둔, 건가……?

이젠 전혀 알 수가 없다.

평소에 학교에서 집에 가는 길 같은 상황에는 무슨 생각을 하는지 대충 알 수 있는데.

엘리베이터를 탔을 때 간식을 먹자는 이야기가 나와서, 엘리베이터 안에 있는 안내판을 보고 음식점이 늘어서 있는 층에서 내렸다.

"료 군, 단 거 좋아해?"

"좋아해."

"여전하네."

후후, 하며 즐겁게 웃고는 카페를 찾아내 들어갔다.

그 이후로는 평소와 마찬가지였다. 안내받은 자리에서 학교 이야기나 임원 이야기를 하고 앞으로 어떻게 할지 간단히 이야기했다.

……평소와 마찬가지, 내가 알고 있는 후시미다.

각자 주문한 메뉴 중에 제일 저렴한 케이크 세트를 해치우고는 한 시간 정도 만에 가게에서 나왔다.

"료 군은 갸루 계열을 좋아하는 거 아니야?"

"똑같은 질문을 몇 번이나 하는 건데. 안 좋아한다니까."

"그럼…… 오늘 마나에게 빌린 이 옷은 좀 미묘했나?"

약간 기운이 없어졌다.

아, 그런 의미였구나.

"잘 어울리고, 괜찮아 보여."

"에헤헤. 다행이다."

있는 그대로 칭찬하는데 정신적인 힘이 소모되는 이유는 뭘까.

그런 다음에는 패션 브랜드를 구경하고 다녔다.

약간 귀여운 점원 누님에게 한눈팔고 있자니.

"흐음, 흐음. 이런 옷을 입으면 되는구나…….'

후시미가 공부를 하고 있었다.

중학교와 고등학교 때 놀 기회가 없어서 사복 센스가 좀 그랬지만, 앞으로 지식을 갖춰나가면 제대로 옷을 입게 되지 않을까?

"마나 선생님하고 나중에 의논해 봐야지."

요리도 잘하고, 성실하고, 멋도 잘 부리고, 마나는 갸루인데도 스펙이 꽤 높다.

"마나에게 남자친구가 있어도 이상할 건 없을 것 같은데."

"료 군…… 그런 것도 몰라……?"

어이없어하는 눈초리였다.

"어? 뭐가?"

"아무것도 아니야."

고개를 홱 돌린 후시미는 마음에 든 것 같은 원피스를 들고 거울 앞에서 대보고 있었다.

"잘 어울리시네요~."

좀 전에 내가 보고 있던 점원분이 이쪽으로 다가와서 후시미에게 말을 걸었다.

"네? 아, 네, 네……, 가, 감사, 합니다."

혀 깨물었어, 혀 깨물었다고.

"괜찮으시면 입어보실 수도 있으니까 필요하시면 말씀하세요."

"아, 감사, 합니다."

후시미가 허둥지둥하고 있다.

무슨 심정인지는 알겠다. 갑자기 말을 걸면 깜짝 놀라지.

방긋방긋. 점원분은 새끼 고양이를 지켜보듯이 부드러운 눈초리로 바라보고 있다.

"오늘은 오빠분하고 같이 오셨나 보네요~."

"……."

후시미가 눈을 뒤집고 기절한 것 같은데! 모처럼 미소녀인데

엉망이잖아?!

"이봐, 후시미, 이쪽 세계로 돌아와."

흔들흔들, 어깨를 흔들어주자 정신을 차렸다.

"헉……. 방금 나, 료 군하고 남매로 착각당하는 꿈을 꿨어……."

꿈이 아니라고.

뇌에 너무 심한 부하가 걸려서 일단 기절한 거지?

실수를 눈치챈 점원분은 미소가 굳어있었다.

점원분이 '천천히 보세요~'라며 특이한 목소리로 말하고는 재빨리 떠나갔다.

후시미는 마음에 든 것 같은 원피스를 든 채 계속 거울 앞에 서 있었다.

똑같은 옷을 보니 가격은 3000엔 정도.

……사고 싶긴 한데 내 영화표를 사줘서 돈이 부족한 거 아닌가?

사진을 찍어서 마나에게 보내자 곧바로 답장이 왔다.

『귀엽다~!』

"료 군, 이건 어떤 것 같아?"

후시미가 옷을 든 채 이쪽으로 돌아섰다.

특수한 옷──, 오늘 우리 집에 입고 온 것 같은 옷만 아니면 어지간한 옷은 어울리는 것 같다.

나만 그렇게 생각했다면 불안했겠지만, 마나도 괜찮다고 하니 틀림없을 것이다.

"괜찮은 것 같습니다."

"호오, 호오."

그렇구나, 그렇구나. 그녀는 그렇게 말하며 잘 개서 원래 있던 곳으로 가져다 두었다.

"사려는 거 아니었어?"

"음~. 오늘은 됐어."

"사이즈는? 이거면 돼?"

"그렇긴 한데…… 어? 왜 그래?"

"오랜만에 같이 외출한 기념으로…… 선물해줄게."

"어, 그러면 내가 미안하잖아!"

그렇게 말하는 후시미를 무시하고 좀 전까지 그녀가 들고 있던 원피스를 챙겨서 계산대로 갔다.

마침 아까 그 점원이 계산대를 보고 있었다.

나와 눈이 살짝 마주쳤다.

'사주는 구나~? 호오~?'라는 듯한 눈빛으로 보지 말라고.

계산을 마치고 후시미에게 종이봉투를 건넸다.

"오랜만에 외출한 기념으로."

"처, 첫 데이트 기념으로……."

말한 내용이 바뀌었다.

역시 오늘 이건 그럴 생각으로——.

또 열이 오를 것 같다고 생각하고 있자니 후시미가 종이봉투를 소중하게 꼬옥, 끌어안았다.

"고마워, 료 군."

그 미소를 똑바로 바라볼 수가 없어서, 고개를 돌리고 '그, 그래' 하고 작은 목소리로 대답할 수밖에 없었다.

㉗ 여기서 쓰는 그 아이템

신이 난 후시미와 함께 쇼핑몰 안을 돌아다녔다.

그러다 보니 어느새 바깥이 어둑어둑해져서 밤이라고 해도 문제가 없을 시간이 되었다.

"이제 곧 6시구나."

"시간이 정말 빨리 가네."

통금 시간이 있다는 말은 못 들었지만, 너무 늦게 가도 좋진 않을 것이다.

"그럼 갈까?"

내가 그렇게 말하자 후시미의 표정에서 기쁜 기색이 점점 사라져갔다.

"……응. 그렇지."

"이런 식으로 같이 논 적은 없었으니까 즐거웠어."

"나, 나도!"

지금까지 우리가 논 걸 따지면 무드 같은 건 전혀 없는 공원이나 집에서 뭔가 했을 뿐 초등학교 때랑 변한 게 없었고, 고등학생이 되어서 그럴싸하게 논 건 이번이 처음이었다.

"마지막으로 들르고 싶은 곳이 있어."

출구 쪽으로 가다 보니 후시미가 그렇게 말했기에 따라가기로 했다.

"밤이 되면 조명이 들어와서 예쁜 정원이 옥상에 있다는데——."

그걸 보고 싶은 모양이다.

엘리베이터를 타고 옥상으로 가보니 후시미가 말했던 정원을 금방 찾을 수 있었다. 계절에 맞는 꽃과 식물이 있고, 인공 개울이 흐르고 있었다.

"예쁘다."

계산해서 설치해둔 것 같은 조명은 꽃과 풀, 나무를 비추고 있었다.

그러게, 하고 대답하고는 정원을 걸어갔다.

졸졸 흐르는 개울물 소리와 함께 쪽, 쪽, 하는 다른 소리도 들렸다.

무슨 소리지?

의아해져서 소리가 난 쪽을 보니 2인용 벤치에 앉은 커플이 쪽쪽, 달라붙어 있었다.

"으."

이, 이런 곳에서?! 여긴 밖인데요! 분위기가 좋다는 건 이해가 되지만.

후시미를 힐끔 보니 딱딱하게 굳어 있었다.

"……."

커플들은 이런 걸 하는구나 싶은, 아직 아무것도 해본 적 없는 우리가 보기엔 너무 리얼한 현장을 목격해버렸다.

"후후. 잠깐만, 그 이상은 안 돼."

"아무도 안 보잖아."

처음으로 대여점의 성인 코너에 잘못 들어간 것 같은 충격이었다.

나 자신의 세계관이 억지로 넓어진 것 같은, 그런 기분이었다.

"후, 후시미, 가, 가자……."

완전히 굳어버린 후시미의 손을 잡고 정원을 걸어갔다.

하지만——.

그 안에 있는 벤치는 거의 다 커플들이 점령한 채로 뜨거운 시간을 보내고 있는 상황이었다.

"우리가, 자, 잘못 온 건지도 모르겠네……."

"그, 그, 그러게……."

발치만 보며 재빨리 정원에서 나왔다.

"……어째서? 밖인데……. 정원, 예쁜데……, 그, 그런 짓을, 하는 곳이 아닌데."

후시미는 반쯤 울상이었다.

고양이 동영상인 줄 알고 재생해봤더니 징그러운 영상이었다 같은 느낌이지. 응, 이해가 된다.

"오늘 데이트, 괜찮은 느낌으로 마무리할 생각이었는데……."

"정원 자체는 예뻤잖아."

"그럼 괜찮지만……."

그대로 시작해버리지 않을까 싶은 생각이 들 정도로 엄청난 기세였으니까…….

이 정원은 우리에게 아직 이른 곳이었다…….

레벨이 낮은 모험자인 우리는 난도가 높은 던전에서 도망치듯 떠나갔다.

"아얏……."

후시미가 주저앉았다.

"왜 그래?"

"아니, 괜찮아. 신발이 좀 안 맞는 것 같아서……."

살펴보니 안타까울 정도로 발뒤꿈치가 까져 있었다.

…………

아. 그런 거구나.

"이거, 반창고. 써."

"그래도 돼?"

"응. 아마 그러라고 넣어뒀을 테니까."

"?"

그 갸루, 너무 유능하잖아.

후시미가 자판기 옆에 있던 벤치에 앉아서 무릎을 들어 올렸다.

잠깐, 후시미 양, 치마 속이…….

"자, 잠깐만. 내가 붙여줄게."

"어?! 괘, 괜찮아."

"그대로 붙이면 좀 그러니까, 발 이쪽으로 내밀어, 얼른."

"하, 하루 종일 걸어 다녔으니까, 아아아아, 안 돼!"

"지금 그 자세로 붙이면 팬티가 보인다고!"

"흐아아아아앗?! 왜 보는데?!"

후시미가 급하게 다리를 오므리고 치맛자락을 눌렀다.

"내가 본 게 아니라 보인 거야. 불가항력이지……."

"으으으……."

경계하는 강아지처럼 끙끙대던 후시미는 반창고를 내게 건네고 다리를 내 무릎 위에 얹었다.

"내, 냄새 맡지 마……?"

"맡을 것 같냐! 바보야! 그렇게 특수한 성벽은 없다고."

"그래도 혹시 모르니까, 숨은 참아."

"냄새날 자신이 있어서?"

"진짜아아아아아, 싫어어어어어어어!"

"잠깐, 야, 버둥거리면——."

다리를 버둥거리니까 또 팬티가…….

다리를 꽉 잡고 까진 부분에 반창고를 붙여주었다.

이제 괜찮을 거다.

"진짜, 너무해."

발끈, 토라져 버렸다.

"아니, 숨을 참으라고 이상한 요구를 하니까……."

나는 참을 수 없어서 큭큭 웃었다.

"너무 웃네……."

미안, 미안, 하고 몇 번 사과하자 겨우 용서해 주었다.

역까지 걸어가던 도중에 후시미가 다시 인사를 했다.

"고마워, 반창고. 덕분에 살았어."

"아, 그건 마나가 챙겨준 거니까 인사는 마나에게 해."

후후후, 그녀가 웃었다.

"조용히 있었으면 자기 공으로 삼을 수 있고, 눈치 빠른 남자라고 어필할 수도 있었을 텐데. 솔직하구나."

"내 공 같은 건 필요가 없으니까."

"나는, 료 군이 생각하는 만큼 착한 애도 아니고 솔직하지도 않아."

"그래도 아마 내 기준에서는 착하고 솔직한 애라는 범위 안에 들걸?"

후시미가 그렇지 않다고 말했다.

전철을 타고 가장 가까운 역으로 오자 벌써 밤 8시가 되어가고 있었다.

"늦어져서 미안해."

"아니야. 거기에 들르고 싶다고 했던 건 나니까."

등하교하는 길을 그저 걸어가기만 하는 건데, 밤이라서 그런지 분위기가 다른 것 같았다.

후시미도, 거리도, 왠지 평행세계 같다는 느낌이 들었다.

"료 군, 미안한데 반창고 하나 더 없어?"

"또 까졌어? 미안해, 그것밖에 없는데."

"그렇구나. 거의 다 왔으니까 그냥 걸어갈게."

자전거를 타고 갈 걸 그랬네. 하지만 가난한 고등학생에게는 보관료가 아까우니까…….

속도가 느려진 채, 아픈 듯이 걸어가는 후시미.

"……."

주위를 둘러보고 아무도 없다는 걸 확인했다. 밤이니까 만약에 있다고 해도 우리라는 걸 모를 것이다.

나는 후시미 앞으로 가서 몸을 숙였다.

"등에 업혀."

"어, 무, 무거우니까 됐어."

"업고 가는 게 더 빠르다고. 아프지?"

"……그럼, ……부탁할게요."

그녀가 내 목에 팔을 둘렀고, 등에 몸이 밀착되었다.

……알고 있긴 했는데, 가슴 감촉이 전혀 느껴지지 않는다.

소리 내어 말하면 머리를 잔뜩 얻어맞을 것 같았기에 가슴속에 묻어두기로 했다.

"무거워?"

"안 무거워."

그녀가 내 목에 두른 팔에 힘을 조금 더 주어서 꼬옥 안았다.

후시미가 조용히 귀에 속삭였다.

"……고마워."

"별말씀을."

나는 후시미를 업은 채 가로등이 비추는 길을 따라 돌아갔다.

㉘ 사이가 좋긴 한데──

◆토리고에 시즈카◆

토요일 밤, 휴대폰으로 게임을 하고 있자니 메시지가 여러 개 왔다.

띵동, 또 휴대폰이 메시지를 수신했다.

메시지 세 개를 위쪽부터 순서대로 읽어나갔다.

히나

『오늘 잘 해냈어!』

『이런저런 해프닝도 있었지만』

『토리고에 양이 먼저 말을 꺼내 보라고 등을 떠밀어준 덕분이야! 고마워!』

오늘 하루, 타카모리 군과의 데이트를 정말 제대로 즐긴 것 같은 후시미 양.

그녀가 내게 일부러 고맙다는 메시지를 보내주었다.

예의 바르고 성실한 사람.

아직 어떻게 대해야 할지 나는 판단을 내리지 못하고 있다.

타카모리 군은 원래 소꿉친구였고 사이좋게 지냈으니 편하게 말하는 것도 이해가 되지만, 나는 그런 관계가 아니다.

'별말씀을'이라고만 답장을 보냈다.

상대가 학교의 아이돌이자 공주님이라고 생각하니 왠지 껄끄러워서 거리를 두게 된다.

내가 보낸 무뚝뚝하고 글자만 있는 메시지가 그런 마음을 잘 나타내고 있었다.

좋은 사람이다.

그건 물론 잘 알고 있다. 하지만.

물이 너무 깨끗하면 물고기가 살지 못한다.

내가 생각하는 후시미 양에게는 그 말이 딱 어울렸다.

반의 중심인물도 아니고 그냥 수수한 도서위원이 보기에는 다가가기가 껄끄럽다.

하지만 주위 사람들은 쉬는 시간에도 곁에 있으려 한다.

타카모리 군이 어떻게 생각하는지는 모르겠지만, 후시미 양 주위에 있는 남녀 중 몇 명은 타산적인 사람이 많은 것 같았다.

언젠가 타카모리 군에게 말했던 '후시미 버프'를 이용해서 자신의 가치를 높이려 하는 게 뻔히 보였기에 그 그룹은 껄끄럽다.

『다음에 점심 같이 먹지 않을래?』

메시지 화면에 새로 뜬 글자를 보고 잠시 생각했다.

후시미 양이 오면 주위 사람들도 조용하던 물리실에 올 것이다.

"그건…… 싫은데……."

침대 위에서 휴대폰을 보며 조용히 중얼댔다.

함께 먹고 싶은 사람이 내가 아니라는 것 정도는 알고 있다.

내가 오케이라고 하면 언제나 같이 물리실에 있는 타카모리 군하고도 점심밥을 먹기 편해질 테니까.

아니, 정말 그런가? 이 예상은 별로 자신이 없다.

겉과 속이 똑같은 사람 같기도 하니까, 그냥 같이 먹자고 하는 의도일지도 모른다.

"……그래도 말이지……."

후시미 히나는 반의 중심인물이고, 학교의 중심인물이기도 하다.

그녀가 이동하면 자석에 이끌린 사철처럼 쓸데없는 것들까지 줄줄이 따라와 버리게 된다.

후시미 양은 잘못한 게 없다. 하지만 좀 더 주위의 상황이나 다른 사람들이 자신을 어떻게 생각하는지 이해해줬으면 좋겠다.

그렇게 이해하지 못하는 부분만큼은 잘못인지도 모르겠다.

그렇다고 해서 거절할 수는 없다.

공주님의 제안을 평민이 거절할 수는 없다.

학교는 아마 그런 곳일 테니까.

나는 다시 무뚝뚝한 답장을 보냈다.

◆후시미 히나◆

데이트의 여운이 겨우 가신 뒤 고맙다는 메시지를 보낸 다음, 토리고에 양에게 함께 점심을 먹자고 제안했다.

『그래.』

잠시 후, 그런 답장이 왔다.

"다행이다……."

사실, 미움받는 것 아닐까 하는 생각도 조금 들었다.

반장에 입후보했을 때도 양보하게 만들어버렸고.

무뚝뚝하지만, 원래 그런 사람 같기도 하다.

조용하고, 턱을 괸 채 책을 읽는 게 잘 어울리는 토리고에 양.

료 군에게 점심시간에 무슨 이야기를 하냐고 물어봐도 별것 아닌 이야기라든가, 아무 이야기도 안 했다는 애매한 대답만 돌아온다.

하지만 같은 물리실에서 점심시간을 보내는 건 서로가 편하기 때문일 것이다.

료 군이 그렇게 생각하는 여자애가 어떤 사람인지 나도 흥미가 있었고, 가능하다면 사이좋게 지내고 싶었다.

"조용한 곳이니까…… 다른 애들이 오면 떠들썩해지니까……."

어떻게 하면 점심시간에 혼자 있을 수 있을지, 고민했다.

두 사람의 쉬는 시간을 어지럽히는 짓은 하고 싶지 않다.

『료 군~, 료 군~.』

메시지를 보내자 곧바로 반응이 왔다.

『?』

좋아하는 사람이, 내가 부르면 반응을 보인다. 그것만으로도 기뻐진다.

『점심시간에 물리실 가도 돼?』

『안 돼.』

곧바로 대답을……. 애절하네…….

하지만 그답긴 했다.

분위기를 파악하고 말고를 떠나서, 기분이 좋아질 정도로 자신

기준으로 이야기를 한다.

내 앞에서든, 다른 학생들 앞에서든, 선생님 앞에서든, 료 군만은 가면을 쓰지 않는다. 다른 누군가가 되지 않는다.

다들, 다들, 다들, 때와 장소를 신경 쓰면서 분위기를 파악하고, 안색을 살피고, 다른 누군가가 되곤 하는데.

학교에서 그렇게 행동할 수 있는 료 군은 용사처럼 보였다.

상대가 누구라도 무리하지 않고 신경 쓰지 않는 료 군과 이야기를 하다 보면 왠지 안심이 되었다.

단지 겉치레를 별로 안 하니까 가끔 가슴에 콱 박히는 말을 하지만…….

원래 이런 사람이었나? 다시 사이좋게 지내기 시작했을 무렵에는 그렇게 생각하면서 고개를 갸웃거리기도 했다. 하지만 신선한 느낌도 들어서 좀 더 알고 싶다는 생각도 들었다.

소꿉친구라고는 해도 중학교 때부터 최근까지는 딱히 접점이 없었다.

잘 아는 사이라고는 해도, 그건 초등학교 때나 그 이전 이야기다.

료 군이 어떤 중학생이었고 어떤 고등학생이 되었는지 나는 모른다. 물론 교실에서의 모습은 알고 있지만, 그걸로 알 수 있는 건 2할 정도뿐일 것이다.

토리고에 양에게 보낼 메시지를 적었다가 지우는 걸 여러 번 반복하다 보니 무슨 말을 하고 싶은 건지 알 수가 없어져서 메시지 어플을 닫았다.

……고등학생 료 군을 잘 알고 있는 사람은 내가 아니라 토리

고에 양이라는 생각을 하니 가슴이 살짝 아파졌다.

㉙ 성역이 어지러워지는 경우는 그럭저럭 있는 편이다

한 주가 시작된 월요일.

나른한 몸을 질질 끌며 후시미와 함께 등교했다.

어느새 주위에는 '소꿉친구'가 정착되었다.

아니, 나도 마찬가지인지도 모르겠다.

사귀지는 않지만 후시미 히나와 항상 함께 있는 소꿉친구 남자. 그런 식으로 학교 전체에 알려졌고, 부러워하거나 질투하는 눈길도 꽤 많이 줄어든 것 같다.

오늘도 일단 학교에 가서 적당히 수업을 흘려듣고, 반장의 잡일을 대충 했다.

오늘 하루도 별일 없이 끝나겠지~. 그렇게 생각하던 점심시간.

똑똑, 물리실 문을 노크하는 소리가 들렸다.

떨어진 곳에 앉아 있던 토리고에와 눈을 마주치며 우리 둘 다 고개를 갸웃거렸다.

"실례합니다~."

조용히 문을 열고 후시미가 들어왔다.

"……뭐 하러 왔어."

"료 군도 참. 나는 토리고에 양하고 밥을 먹기로 약속해서 온 것뿐이거든요오."

후시미는 메롱, 하고 혀를 내밀고는 토리고에가 있는 쪽으로 걸어갔다.

주위에 있던 시끄러운 녀석들도 오는 게 아닐까 하고 걱정했는데 아직 그럴 기색은 보이지 않는 것 같았다.

"후시미 양, 다른 사람들은?"

"아……, 하하. 화장실에 간다고 하면서 따돌리고 와버렸어."

그렇게 하지 않으면 따라와 버렸겠지.

"다들 불쌍하네."

마음에도 없는 말을 놀리는 듯이 꺼냈다.

"어쩔 수 없잖아. 사실 나도 조용히 지내고 싶은데."

얼굴을 안 봐도 뾰로통한 표정을 상상할 수가 있었다.

같이 점심을 먹기로 약속하다니…… 초등학생도 아니고…….

마나가 싸준 도시락을 먹고 있자니 두 사람이 이야기하는 목소리가 들렸다.

내가 알고 있는 한, 저 두 사람은 단둘이서 처음 이야기하는 것 같은데?

약속을 미리 잡고 와서 그런지, 후시미는 토리고에가 흥미를 보일 만한 화제를 가지고 왔다.

두 사람이 하고 있는 건 주로 소설 이야기였다.

후시미는 소설 같은 것도 읽는구나. 나도 이야기를 듣고 처음 알았다.

아마 내가 소설에 흥미가 없어서 평소에 이야기를 하지 않았던 것 같다.

"그 영화, 재미있길래 원작 소설도 사서 읽어봤는데 중반 이후가 정말 짜릿한 전개라서."

"응. 그 작가분은 서스펜스 느낌이 강하니까 무서운 걸 보고 싶어진다는 느낌이라고 해야 하나, 그런 생각이 들게 만들지."

"무, 무슨 말인지 알겠어……. 영화는 그 정도까진 아니었는데, 중반에 들어선 뒤로는 계속 읽었고 정신을 차리고 보니까 새벽 2시였거든……."

"맞아, 맞아."

둘은 그렇게 신나게 말하고 있었다.

주위에 있는 녀석들 상대로는 소설 이야기 같은 걸 해도 이런 이야기를 할 수가 없으니까, 후시미에게는 토리고에가 비슷한 취미를 가진 친구인 것 같다.

……내가 저런 식으로 좋아하는 걸 마음껏 이야기할 수 있는 상대는 누가 있지…….

…………이런. 제일 먼저 마나 얼굴이 떠올랐다.

나와 비슷하게 친구가 거의 없는 토리고에조차 저렇게 좋아하는 이야기를 할 수 있는데, 나는…….

왠지 풀 죽는다…….

서로 추천하는 작품을 알려주면서 두 사람은 정말 즐거워 보였다.

그렇구나. 후시미는 소설 이야기를 하고 싶어서 토리고에하고 점심 약속을 잡았던 거야.

표정도 교실에서 볼 수 있는 공주님 표정이 아니라 원래 표정에 가깝다.

나 말고도 다른 사람에게 그런 표정을 보여주면 좀 더 잘 지낼 수 있을 텐데——. 계속 그렇게 생각하긴 했지만, 실제로 그 모습을 보니 약간 쓸쓸해졌다.

딱히 후시미의 원래 모습을 독차지하고 싶은 건 아니고, 그러는 게 후시미에게도 도움이 된다는 걸 알고 있긴 하지만.

도시락을 다 먹고 할 일이 없어서 휴대폰으로 게임을 하고 있자니 복도에서 남녀가 떠드는 목소리가 들렸다.

시계를 보니 아직 오후 첫 번째 수업인 5교시가 시작되기까지는 20분 정도 시간이 있었다.

그 목소리가 귀에 익은 목소리라는 건 금방 눈치챘다.

드르륵, 문이 열리고 여자 세 명과 남자 두 명이 들어왔다.

"히나, 어디 갔나 했더니 이런 곳에 있었네~."

"이런 곳에서 뭐 하는 거야~?"

항상 후시미 주위에 있는 단골 멤버들이다. 심심해져서 찾으러 온 모양이다.

후시미는 한순간 표정이 어두워졌지만, 곧바로 교실에서 자주 볼 수 있는 얌전한 미소를 지었다.

"미안해. 화장실에 다녀오다가 생각난 게 있어서."

그들은 토리고에 따위는 눈에 들어오지 않는다는 듯이 평소처럼 후시미 주위를 둘러싸기 시작했다.

"토리고에 양하고 무슨 이야기하고 있었어?"

"여기 엄청 조용해서 좋다."

"식당이나 교실은 시끄러우니까, 우리도 다음부터 여길 쓰자고."

"어, 하지만 그건――."

후시미가 초조해하자 토리고에가 짐을 챙겨서 조용히 일어나 물리실을 나갔다.

충격을 받은 것 같기도 하고, 미안한 것 같기도 하고, 후시미는 그렇게 곤란한 표정을 짓고 있었다.

나는 후시미에게 눈짓을 하고 자리에서 일어났다. 뭐, 커버는 내게 맡겨둬.

전달되었는지는 모르겠지만, 고개가 살짝 움직이면서 끄덕인 것처럼 보였다.

조용한 물리실에는 그들의 목소리가 잘 울렸다.

토리고에를 찾아서 교내를 돌아다니다가 겨우 발견했다.

그녀는 도서실 카운터에서 책을 읽고 있었다.

책장에서 책을 한 권 빼내서 카운터에 내려놓았다.

"……이거야? 아까 후시미에게 추천했던 거."

"타카모리 군."

카운터에 엉덩이를 기대고 뒤쪽으로 손을 받쳤다.

"참 어렵단 말이지. 저 녀석들이 잘못한 것도 아니니까."

"응. 그렇지. 분위기 파악 좀 하라고 생각하긴 하지만, 교실에서도 저런 느낌이니까."

"물리실도 우리가 멋대로 쓰는 것뿐이니까. 저 녀석들도 멋대로 써도 되는 거고."

응, 그렇지. 토리고에도 그렇게 말했다.

저 녀석들은 그런 캐릭터고, 우리는 이런 캐릭터다.

직소 퍼즐의 조각 같은 거라서, 각각의 조각에는 선악 같은 게 없고, 그저 들어맞는지 아닌지의 차이만 있을 뿐이다.

"후시미 양이 같이 점심 먹자고 했을 때, 이렇게 되지 않을까 하는 생각을 좀 하긴 했어."

손 옆에 내가 빌린 소설이 놓였다.

——대출 기간은 2주일. 2주 뒤인 5월 3일은 휴일이니까 휴일이 끝나는 6일에 반납해 주세요.

그렇게 사무적인 설명이 들렸다.

"싫으면 거절해도 됐는데."

"이런 계급 사회에서 그런 짓을 할 수 있는 용사는 타카모리뿐일 거야."

"계급 사회라니…… 뭐하고 싸우는데."

후시미도 그렇게 다른 사람들의 눈초리를 신경 쓰고 있었다. 토리고에도 그랬다니, 조금 뜻밖이었다.

"만약에 거절한다고 해도 후시미는 욕을 하거나 몰래 험담을 하진 않을 거야."

"응. 후시미 양은 우리가 주위 사람들하고 잘 들어맞지 않는다는 걸 알고 있었으니까 그 사람들을 피해서 물리실로 온 거지."

"그런 녀석이야, 그 녀석은. 가끔 너무 성실하고 고집을 부리기도 하지만, 분위기를 파악하는 건 엄청 잘하니까. 그러니까 이번 일은 용서해줬으면 해."

뒤에서 토리고에가 후후, 숨을 내쉬는 듯한 웃음소리를 냈다.

"화는 안 났으니까 괜찮아. 자주 있는 일이니까."

우리처럼 그저 조용히 지내고 싶어 하는 녀석들은 언제나 쫓겨나는 쪽이다.

"뭐, 음……, 그러니까. 다음에도 또 후시미하고 소설 이야기 같은 걸 해줘."

"타카모리 군은 후시미 양의 뭐야?"

목소리에 웃음소리가 섞여 있었다.

"소꿉친구."

"그래도 보통은 그렇게까지 걱정하진 않을 텐데."

나는 그런가? 하며 고개를 갸웃거렸다.

"사이가 너무너무 좋아서, 한 바퀴 돌아서 가족처럼 지내게 된다면 그런 식으로 생각하진 않을 거야."

……예전처럼, 그냥 소꿉친구라는 간판만 내걸고 있다면 그렇게까지 신경 쓰지 않았을지도 모른다.

그 무렵, 후시미는 인기가 많았고, 분위기를 잘 파악했고——, 그래서 무슨 일이 있더라도 알아서 어떻게든 할 거라 생각했다.

"그런데, 곤란하네."

토리고에가 작은 목소리로 말을 꺼냈다.

"생각했던 것보다 싹싹하고, 귀엽고, 착한 애고, 소설 이야기도 할 수 있어서……. 곤란하네……."

후시미는 토리고에가 품고 있던 이미지를 훨씬 뛰어넘는 인물이었던 모양이다.

어깨 너머로 돌아보니 토리고에는 곧바로 눈을 내리깔고 도서위원 일을 다시 하기 시작했다.

"······토리고에, 5분 뒤에 점심시간 끝나거든?"

"나도 알아."

그녀는 책 몇 권을 끌어안고 그것들을 책장에 넣기 시작했다. 나도 나서서 도왔다.

그녀가 말하는 대로 작가 이름을 50음도 순으로 책장에 꽂아넣었다.

등을 맞댄 채 책을 넣다 보니 긴장된 목소리가 들렸다.

"타······, 타카모리 군은, 좋아하는 사람, 없어······?"

㉚ 선언

"뭐?"

갑작스러운 질문에 나도 모르게 목소리가 나왔다.

──좋아하는 사람, 없어……?

돌아보니 토리고에는 담담하게 일을 하고 있었다. 또 한 권, 책장에 소설을 꽂아 넣었다.

"……메이저리거인 그 사람. 레전드지. 꽤 좋아해."

"노모 히데오 말이야?"

"그렇게 나오는구나."

"……그건 내가 할 말이기도 한데."

토리고에는 조용히 말하며 나를 재촉했다.

"얼른 하지 않으면 수업이 시작될 거야, 반장."

"일이 느려서 미안하다. 하지만 나는 익숙하지 않거든."

나서서 도와주겠다고 하면서도 불평하자 토리고에는 내가 들고 있던 책 몇 권을 받아들고 익숙한 솜씨로 책장에 넣기 시작했다.

"이제 끝났어. 고마워."

"상관없어. 결국 발목만 잡은 것 같기도 하고."

절레절레, 그녀가 고개를 젓자 머리카락이 살랑살랑 나부꼈다.

"결과가 아니라 그 호의에 고맙다고 인사한 거니까."

"그, 그래…… 뭐, 그렇다면……."

그렇게 애매하게 인사를 한 다음, 우리는 조용한 도서실을 나섰다.

교실로 돌아오니 후시미가 걱정스럽게 바라보고 있었다.

선생님이 왔고, 인사를 했다. 수업이 시작되자 필담을 나누기 시작했다.

『토리고에 양, 괜찮아?』

『괜찮아. 누가 잘못한 게 아니라는 건 알고 있으니까.』

후시미는 이야기를 나눌 상대가 부족하진 않지만, 속을 터놓고 이야기할 수 있는 친구는 없는 것 같다.

나는 후시미와 토리고에가 사이좋게 지냈으면 좋겠다.

각자 알고 지내는 내가 보기에는 두 사람이 그렇게 거리낌 없이 이야기를 할 줄은 상상도 못 했다. 그 정도로 뜻밖의 조합이었던 것이다.

『미안해. 이제 물리실에는 안 갈 테니까.』

노트에 적혀 있는 글자를 보고 눈을 들어 그녀의 표정을 살펴보았다.

후시미는 곤란하다는 듯이 웃고 있었다.

그렇게 해주면 나도 그렇고 토리고에도 고마울 것이다.

학교 안에서 말없이 지낼 수 있고, 누군가의 눈길을 신경 쓰지 않아도 되는 자유로운 시간과 장소니까.

그때 한 가지 생각난 게 있었다.

사이좋게 지낼 수 있는 시간은 꼭 점심시간이 아니어도 된다.

『집에 갈 때, 토리고에도 불러서 같이 갈까?』

응, 하고 후시미는 고개를 끄덕였다.

뭐, 토리고에가 받아들인다면 말이지만.

칠판을 보며 몰래 책상 밑에서 휴대폰을 조작하는 후시미.

뒷자리에 있는 토리고에는 어떤 모습인지 우리가 알 수 없다.

몇 번 이야기를 주고받은 것 같은 후시미는 손가락으로 고리를 만들어 보이며 오케이 사인을 보냈다.

토리고에에게도 어느 정도는 사이좋게 지내자는 마음이 있어서 다행이다.

방과 후를 맞이해서 후시미가 학급 일지를 쓰는 동안, 토리고에는 자기 자리에서 휴대폰을 보고 있었다.

"뭐 봐?"

"만화."

이 디지털 소녀 같으니.

"기다렸지!"

타악, 학급 일지를 덮고 후시미가 가방을 들어 올리며 자리에서 일어났다. 우리도 거기에 맞춰서 움직였다.

"후시미 양, 정말 괜찮아?"

"응. 안 괜찮았으면 부르지도 않았지."

"아니…… 그런 뜻이 아닌데……."

토리고에는 곤란하다는 듯이 볼을 붉었다.

무슨 뜻인지 알 수가 없어서 나와 후시미는 서로 마주 보았다.

교실을 나선 다음 학급 일지를 교무실에 있는 선생님에게 가져다주고, 건물 바깥으로 나왔다.

"료 군, 어디 갈 곳 있어?"

"도서관 같은 곳은 어때? 학교 도서관 말고 시립 도서관. 근처에 큰 곳이 있거든."

학교를 조퇴했을 때, 어머니가 일을 하러 갈 때까지 그곳에서 시간을 때운 적이 있었다. 바로 집에 가면 꾀병이라는 걸 금방 들켜버릴 테니까.

"토리고에, 거기 가도 괜찮아?"

"응."

결론이 나왔기에 그곳으로 가기로 했다.

점심시간에 이야기를 한 덕분인지, 토리고에는 후시미를 그렇게 안 좋게 보는 건 아닌 모양이었다.

마음을 터놓은 정도는 아니지만, 그렇게 되어가고 있는 건 확실했다.

걸어서 5분 정도 만에 시립 도서관에 도착했다.

"크, 크다……."

토리고에가 자기도 모르게 소리 내어 말했다.

"체육관 정도는 될 것 같네."

후시미가 한 말은 이 도서관에 딱 들어맞는 크기였다.

책장이 잔뜩 있고, 융단과 도서관 특유의 오래된 종이 냄새가 났다.

"우리는 좋은데, 료 군은 도서관에서 뭐 할 거야?"

후시미는 내가 책을 읽을 거라는 생각을 요만큼도 안 하는 것 같았다. 독서가라고 할 수 있을 정도로 책을 많이 읽는 타입도 아니니까.

숙제를 한다는 예상도 상대가 나라서 하기가 힘든 모양이다.

"뭘 하냐니, 창가에서 조용히 독서할 건데."

"후후후."

"야, 웃지마. 농담한 거 아니라고."

가방에서 점심시간에 빌린 책을 슬쩍 꺼냈다.

"아——, 그거."

"토리고에가 추천해준 거. 읽을 거라고. 창가에서."

"아까부터 왜 창가에 집착해?"

후시미가 그렇게 말하자 후훗, 하고 이번에는 토리고에가 살짝 웃었다.

책을 좋아하는 사람들끼리 할 이야기가 있을 것이다.

방해가 되지 않게끔 나는 열람 공간 쪽으로 향했다.

거기에서는 수험생으로 보이는 3학년 몇 명이 공부를 하고 있었다. 나는 방해가 되지 않게끔 그들에게서 거리를 두고 선언한 대로 창가 자리에 앉았다.

나는 두 사람이 책장 쪽으로 사라지는 걸 보고 나서, 빌려온 책을 펼쳤다.

아마 사이좋게 지내게 되는데 시간이 그리 오래 걸리진 않을 것이다.

◆**토리고에 시즈카**◆

"이 소설, 괜찮았어."

후시미 양의 선구안……, 아니, 선책안은 꽤 고풍스럽다.

내가 모르는 작가나 신경 쓰이던 작가의 작품을 읽기도 했다.

읽은 작품 중에 겹치는 건 별로 없었지만, 흥미가 있던 것들뿐이었기에 질문에도 나도 모르게 기세가 들어가 버렸다.

"작중 분위기는 좀 어둡던데. 계속 비가 내리는 이미지야."

"후시미 양은…… 그렇구나…… 불행한 이야기가 좋아?"

"아……. 그런 구석이 있을지도 모르겠네."

재미있다고 하면서 추천해준 작품 중에는 배드 엔딩이라고 해야 하나, 주인공이 궁지에 처하는 작품이 많았다.

둥실둥실하고, 소녀스럽고, 꿈으로 가득 찬 순정 소설 같은 걸 좋아할 것 같은데.

"뜻밖이네."

"그런가?"

그런 갭도 그녀의 매력이 되어버릴 것이다.

솔직히 부럽다는 생각이 든다.

후시미 양이 책을 읽으면 지적인 이미지가 더해진다.

내가 책을 읽으면 어둡다는 안 좋은 이미지가 강해진다.

"……왜 나를 불러준 거야? 나 같은 건 방해만 될 텐데."

집에 갈 때는 항상 둘이서 간다는 건 알고 있다.

"말을 꺼낸 사람은 료 군이야. 나도 사이좋게 지내고 싶었고."

"……그렇구나."

그 사람은…… 무슨 생각을 하는 걸까.

어디에 있는지 고개를 내밀어 확인해보니 열람 공간에 있었다. 선언한 대로 창가에서 하드커버 책을 펼쳐놓고 있다.

그리고 턱을 괸 채…… 자고 있다.

저 사람답네, 그런 생각이 들어서 웃음이 나왔다.

"독서한다고 해놓고 자네."

그걸 눈치챈 후시미 양도 웃고 있었다.

""창가에서.""

우연히 한목소리가 나와서 쿡쿡, 목소리를 억누르며 함께 웃었다.

점심시간 때도 느꼈다.

교실에서는 새침한 공주님이지만, 이런 식으로 웃는다는 걸 생각하니 나는 이 사람을 싫어할 수가 없다.

그래서 물어보고 싶었다. 말해두고 싶었다.

한참 웃은 다음에 이어진 묘한 뜸이 그렇게 결심하게 해주었다.

"후시미 양은 타카모리 군을 좋아하는 여자애가 나타나면 어떻게 할 거야?"

"어떻게 하다니……. 갑자기 왜 그래?"

상상한 모양인지 그녀의 귀여운 얼굴이 복잡하게 어두워졌다.

그런 다음, 둘러대는 듯이 지은 미소는 평소와는 달리 딱딱했다.

"나, 타카모리 군을…… 좋아…… 하는 것 같아."

㉛ 방심은 금물

정신을 차리고 보니 비가 조금씩 내리고 있었다.

이 정도라면 우산이 없어도 집에 갈 수 있을 것 같다.

벽걸이 시계는 오후 다섯 시가 될까 말까 한 시간을 가리키고 있었다.

테이블 위에는 토리고에가 추천해준 소설책이 펼쳐져 있었다. 두세 페이지쯤 넘겼을 때부터 기억이 나지 않는다.

"아, 일어났네."

맞은편에 후시미가 있었다. 그녀는 문고본을 한 손으로 펼쳐두고 턱을 괸 채 내 눈을 들여다보고 있었다.

"조용해서 잠이 잘 오지?"

"잡담 엄금."

"조용히 말하면 세이프야."

내가 가볍게 주의를 주자 발끈하는 후시미.

뭐, 주위에 아무도 없으니까 상관없나?

"토리고에는?"

"······먼저 돌아가 버렸어. 신경 쓰이는 소설이 없었던 건지도 모르겠네."

"흐음. 그렇구나. 사이좋게 지내게 됐어?"

후시미는 쓴웃음을 지으면서 출입구 쪽을 보았다.

"'취향'이 똑같은 것 같긴 하더라."

그렇겠지. 그래서 나도 이 도서관을 고른 거고.

"공통 화제가 있으면 이야기하기 편하니까."

"아니…… 응. 맞아. 여러 가지 의미로."

이번에는 곤란하다는 듯이 그녀가 눈살을 찌푸리며 웃었다.

"이야기하기 편했다고 해야 하나, 너무 과열된 것 같기도 해."

"호오. 후시미는 그렇다치고, 토리고에도?"

좋아하는 걸 이야기할 때는 누구나 뜨거워지는 법이구나.

"응."

아까부터 후시미의 미소에 무언가가 뒤섞여 있는 것 같은 느낌
이 들었다.

무슨 일 있었나?

이야기는 잘 통하는 것 같았는데…… 아니, 취향이 비슷해서
오히려 양보할 수 없는 주장 같은 게 있으니까 그것 때문에 부딪
힌 건지도 모르겠다.

서로 감상에 대해 말하다가 의견에 차이가 생겨서——, 하는
식으로.

하지만 취향이 똑같지 않으면 부딪힐 일도 없다.

"그렇게 거칠게나마 의견을 교환할 수 있는 사람이 생겨서 다
행이네."

뭐, 그렇지. 후시미는 그렇게 뜸을 들이며 말했다.

토리고에가 먼저 갔기에 도서관에 있을 이유가 없어졌다.

우리는 비가 조금씩 내리는 와중에 빠른 걸음으로 역을 향했다.

◆후시미 히나◆

"잘 가."

현관 앞에서 료 군과 헤어지고 나서, 돌아가는 뒷모습을 바라보았다.

가까운 역에 도착했을 무렵에는 비가 그쳤고, 지금은 비가 그치고 난 뒤 특유의 먼지 냄새가 조금 나고 있다.

이쪽을 돌아본 료 군이 쉭쉭, 쫓아내려는 듯이 손을 흔들었다.

계속 보고 있지 말고 얼른 집 안으로 들어가라고 하는 것 같다.

나는 다시 이쪽을 봐준 게 기뻐서 손을 흔들었다. 어깨를 으쓱인 료 군이 다시 걸어가기 시작했고, 뒷모습이 보이지 않게 되었다.

『나, 타카모리 군을…… 좋아…… 하는 것 같아.』

그 이후로 그 말이 계속 귀에 달라붙어 있다.

아무 말도 할 수가 없어져서, 나는 책장 사이에 멍하게 서 있었다.

내 소꿉친구를 좋아한다. 토리고에는 내 눈을 보고 그렇게 말했다.

아무도 없는 집으로 들어가 내 방 침대에 쓰러졌다.

"일부러 그렇게…… 나한테 말할 필요는 없는데……."

지금까지 료 군은 그런 이야기와 관련이 없었다.

누군가가 그를 좋아한다는 이야기를 들은 적이 없다. 료 군이 누군가를 좋아한다는 이야기도 들은 적이 없다.

소문도 들어본 적이 없었다.

뭔가 있었다면 귀가 밝고 연애를 좋아하는 여자애들이 가르쳐 주었을 것이다.

그러니까 누구에게도 뺏기지 않을 거라 안심하고 있었다.

"으으으으으으…… 방심…… 소꿉친구라서 방심."

반성.

하지만 확실하게 전했다. 말했다고, 나도. 그런데 전혀 눈치채 주지도 않고.

"료 군, 바보."

료 군은 가슴이 큰 사람을 좋아하니까…….

저번에 방에 갔을 때, 야한 DVD는 그런 여자였고.

나는, 저기, 아직 발전 중이고.

체육 시간 때 슬쩍 보였는데, 토리고에 양의 가슴은…… 크지 않다. 결코.

하지만 나보다 큰 건 분명하지……!

"……분해……."

토리고에 양이 호의를 품고 있다는 걸 밝힌다면 료 군은 어떻 게 생각할까.

항상 함께 점심시간을 보내기만 한 반 친구가.

선택지의 후보가 된다.

그것도 최우선의 선택지가 되지는 않을까.

"으…… 상상하기만 해도 두근거리네."

이상하게 땀이 난다.

심장 고동이 불규칙해지고 숨쉬기가 힘들다.

그런 상황을 상상하기만 해도 이상한 기분으로 가슴이 꽉 막힌다.

오늘은 방해해버렸지만, 둘이서 공유하고 있는 세계관 같은 게 그 물리실에 있었다.

그런 이유 때문에라도 토리고에 양에게는 흥미가 있고, 사이좋게 지내고 싶은데…….

"나한테 료 군을 좋아한다고 하면, 전쟁을 하자고 말하는 거나 마찬가지지……."

원래 모습에 가까운 상태로 이야기를 나눌 수 있는 토리고에 양하고는 앞으로도 사이좋게 지내고 싶은데, 그쪽은 그렇지 않았다는 건가……?

선전포고를 하는 걸 보니 그럴 것이다. 연적으로 보고 있다는 뜻이다.

사이좋게 지내고 싶은 사람이 그런 식으로 생각하고 있었다니, 꽤 충격이 크다.

"저번에 데이트할 때, 좋아한다고 말할 걸 그랬어……!"

하지만 어차피 또 착각해버리겠지~. 뭐, 됐어, 시간은 잔뜩 있으니까~.

"──그렇게 생각했었는데!"

시간이 거의 남아 있지 않았어! 방심……!

방심은 금물이라는 말을 만든 사람은 아마 나하고 똑같은 상황이지 않았을까?

그 정도로 지금 나와 딱 들어맞는 말이다.

유치원 때부터 나는 제일 가깝게 지냈을 뿐, 료 군의 1등은 다른 애이지 않았을까.

초등학교 때, 료 군의 노트에서 그걸 보고 기분이 나빠져서 나도 모르게 찢어버렸다.

초등학교 여자애의 어린 연심이 저질러버린 자그마한 죄.

공부용 서랍 안에 그게 있다.

버리는 데 죄책감이 들었기 때문일 것이다. 남의 것을 멋대로 찢고, 버리다니.

버리지만 않으면 테이프 같은 걸로 붙일 수 있으니까 세이프——.

아마 그런 생각을 하면서 이 서랍에 넣고 닫아버렸을 것이다.

열쇠로 잠가둔 자물쇠 달린 작은 서랍을 열어보니 조잡하게 찢어낸 종이가 한 장 있었다.

약속에 대해서 전혀 기억하지 못하는 건 나를 딱히 특별하게 생각하지 않아서일까——.

거기에는 '좋아하는 사람'이라는 료 군의 글자가 적혀 있었고, 그 밑에는 내가 아닌 다른 여자애의 이름이 적혀 있었다.

㉜ 개전

도서관에 다녀온 뒤 며칠 동안 계속 후시미가 기운이 없다.

"야, 후시미, 인사."

"아."

후시미는 신기하게도 내 목소리를 듣고서야 수업 인사를 했다. 평소와는 입장이 정반대다.

후시미의 목소리를 듣고 나와 반 친구들이 적당히 인사를 했다.

멍하니 있는 것 같더니 가끔 진지한 표정을 짓고, 슬픈 듯한 표정을 짓기도 했다.

등교할 때 물어봐도 '아니, 아무것도 아니야'라는 말만 했다.

아무것도 아니라면 평소와 마찬가지였을 텐데.

남자인 나는 알 수가 없는 여자 특유의 고민 같은 게 있는 건가?

그렇다면 내가 아니라 마나하고 이야기를 하는 게 편할지도 모르겠지만.

"이 문제를——, 그럼 후시미, 풀어봐라."

"어, 아, 저기……."

급하게 교과서와 칠판을 번갈아 가며 보는 후시미.

수업을 전혀 듣지 않았던 모양이다.

"료, 료 군……, 알아?"

매우 곤란해하는 후시미를 보고 나는 미소를 지었다.

미안해, 후시미. 나도 선생님 이야기를 전혀 듣지 않았거든.

"굿 럭."

"왜 영어야?"

"안 듣고 있었나? 후시미, 제대로 듣도록~."

"아……, 네, 네……, 죄송합니다……."

신기하다. 진짜로.

무슨 일이 있었던 거면, 항상 주위에 있는 녀석들 때문인가?

『다음부터 점심시간에는 물리실로 가자!』

『자, 잠깐만 기다려봐──, 물리실은 가지 말자.』

『왜~?』

……그런 식으로 싸웠다든가.

물리실 원주민인 우리를 배려해주다가 다투는 결과가 되었다──.

응, 그럴싸한데.

쉬는 시간이 되자 여전히 정신이 다른 데 가 있던 후시미에게 말했다.

"혹시 물리실을 쓸 거면 딱히 상관없거든? 나하고 토리고에는 또 다른 데를 찾으면 되니까."

"료 군하고 토리고에 양……."

빤히 바라보는 그녀의 눈은 왠지 애절해 보였다. 입을 살짝 다물고 눈가가 처져 있었다.

"…………그, 그렇지……."

뭐지? 뭔가 하고 싶은 말이 있는 것 같은데.

"하고 싶은 말이 있는 거면 들어줄게."

빤히이이이이이이이이, 그렇게 의심하는 눈초리로 나를 바라보는 후시미.

"나는 말이지, 료 군. 말했다구. 하고 싶은 말을 다 해왔어. 지금까지! 그런데, 그런데, 저어어어어어어어어언혀 들어주지 않았잖아!"

그녀가 탁탁, 나를 때려댔다.

"잠깐, 잠깐. 야. 왜 그래, 히나. 진정해~."

다들 우리를 보고 있다. 공주님 표정을 짓고 있다가 히나의 표정이 된 후시미를 신기하다는 듯이 바라보고 있었다.

후시미의 이미지가 무너져버리니까 토라진 표정으로 때리지 말라고.

"술이라도 마셨어?"

"있으면 마시고 싶다구, 나는."

자포자기했네…….

그녀는 토라진 채 책상에 엎드렸다. 그리고 엎드린 채 내게 물어보았다.

"저기, 료 군. 오늘도 점심시간엔……?"

"항상 그랬듯이 물리실에 가지."

"……토리고에 양을, 좋아하는 거야?"

"어째서 그렇게 되는데. 내가 물어보자. 후시미는 같은 교실에 있기만 해도 좋아하게 돼?"

"그것만으로는 좋아하지 않겠지만……."

우리가 항상 마주 앉아서 점심밥을 먹는다면 그런 말도 이해가 된다. 좋아하는 거냐고 착각해도 어쩔 수 없을 것 같다.

하지만 그런 게 아니다.

거리로 따지면 책상 세 줄 정도는 떨어져 있다. 이야기를 할 수는 있지만, 말이 없어지면 껄끄러워질 정도로 가깝지도 않다.

"료 군은 둔감해…… 일부러 분위기를 파악하지 않을 수는 있으면서, 어째서 그런 건…… 아, 진짜아…….."

"대체 왜 그러냐고, 진짜……."

오늘은 후시미가 특히 달팽이처럼 꼬물거리고 있다.

"사탕 먹을래?"

"료 군…… 학교에 간식을 가지고 오면 안 되거든?"

"과일 사탕인데, 무슨 맛 먹을래?"

"포도."

명분상으로만 주의를 주나 싶었는데, 역시 먹고 싶었던 모양이다.

가방 안에 들어있던 각종 과일 사탕이 들어있는 봉투를 꺼내서 하나를 후시미의 책상 위에 올려놓았다.

나도 입에 하나 넣었다. 레몬 맛. 후시미도 휙, 입에 넣었다.

"맛있어."

"그치~."

"쉬는 시간에 전부 다 먹어야 해."

"나도 안다니까."

데굴데굴, 입안에서 사탕을 굴렸다.

"료 군은 거유를 좋아하지?"

"푸읍?!"

사탕이 튀어나오는 줄 알았네.

"뭐야, 갑자기……"

"작으면 안 돼?"

"안 되지 않아."

"그, 그래?"

응? 목소리의 톤이 약간 밝아졌다.

"큰 것도, 작은 것도, 중간 정도도 좋지."

"그렇다면 누구나 상관없다는 거야?"

어라? 내가 잘못한 것도 아닌데, 왜 후시미가 저렇게 싸늘한 눈으로 보는 거지……?

이건 남자들의 진리인 것 같은데…….

수업을 듣다 보니 점심시간이 되었다.

"타카모리 군, 가자."

"어?"

토리고에가 내 자리로 왔다. 1학년 때부터 지금까지 이런 적은 없었는데.

같이 먹는다는 느낌도 아니었기에 일부러 부르지도 않았던 것이다.

같은 반이고, 같은 물리실로 갈 테니 같이 가도 이상하지는……
않은가?

"아, 응……."

마음속으로 고개를 갸웃거리며 준비를 마치고 자리에서 일어나자 후시미가 버림받은 강아지처럼 동그란 눈으로 나를 바라보고 있었다.

"……."

뭔가 하고 싶은 말이 있는 것 같지만, 말을 꺼낼 것 같지는 않았다.

토리고에가 후시미 쪽을 슬쩍 바라보았다.

눈이 마주친 모양이었다.

후시미가 고개를 마구 흔들고는 짝짝, 자기 볼을 때린 다음 일어섰다.

"얘들아, 미안해. 오늘은 료 군하고 토리고에 양하고 같이 먹을 테니까――."

좀 전까지와는 확 달라져서 눈에 투지 같은 게 깃들어 있……는 것처럼 보인다.

그 박력에 주눅이 들었는지 주위에 있던 애들은 따라올 생각이 없는 것 같았다.

"료 군, 가자."

"야, 야――."

내 손을 잡고 저벅저벅, 힘차게 걸어가는 후시미에게 끌려가며 걸어갔다.

얌전히 걸어가던 토리고에가 후시미 옆에 나란히 섰다.

"나, 더 이상 망설이진 않을 거야."

"흐음. 그래."

왜, 왜 그래? 둘 다.

지난번 점심시간 때랑 도서관에서 사이좋게 지내게 된 거 아니었어──?

　두 사람 사이에 흐르는 분위기는 사이좋게 지내는 여자애들의 분위기가 아니었다. 그것만은 확실하게 알 수 있었다.

　……뭐, 뭐가 어떻게 된 거지……?

33 교차하는 속마음

물리실로 와서 항상 앉던 자리에 앉자, 후시미가 옆자리로 왔다.

"료 군, 오늘은 갸루 도시락이구나?"

"그래. 요즘 마나가 싸주거든."

학교를 땡땡이치거나 시험 점수가 안 좋으면 안 싸준다. 진짜로 엄마 같은 여동생이다.

지시는 전부 어머니가 내리고 있긴 하지만.

타박타박, 다가온 토리고에가 내 맞은편에 앉았다.

"······여기 자리 비었지?"

"응. 보면 알겠지만."

토리고에가 말없이 도시락을 펼쳤고, 후시미도 마찬가지로 점심밥을 먹기 시작했다.

······오늘 정말 왜 그러는 거야? 둘 다.

험악한 분위기로 지내는 날, 뭐 그런 이벤트라도 있나?

"토리고에, 오늘은 항상 앉던 자리가 아니네?"

"응."

그녀는 그 말만 한 다음, 젓가락을 놀리기 시작했다.

"후시미도······ 괜찮겠어? 항상 같이 먹던 애들은."

"긴급 사태니까."

"그, 그래······."

오히려 내가 긴급 사태인데.

두 사람이 아무런 말도 하지 않으니까 분위기가 너무 무겁다.

나도 나름대로 신경 써서 두 사람이 좋아할 만한 공통 화제를 던져보았지만, 입질이 전혀 안 온다.

"……싸웠어?"

내가 내린 결론은 이거다.

옛날 위인들은 이렇게 말했다──, 사이가 좋아야 싸우기도 한다고.

"그런 거라면 그나마 다행이었겠지만."

후시미가 숨을 살짝 내쉬고 말했다.

"그렇게 단순한 일이 아니야, 타카모리 군."

아니구나.

"그럼 뭔데? 말해줘."

후시미를 봐도 반응이 없다. 토리고에를 살펴보니 그녀가 젓가락을 내려놓았다.

"타카모리 군. 방과 후에 할 이야기가 있어."

움찔, 후시미가 어깨를 떨고 나서 나와 토리고에를 여러 번 번갈아가며 보았다.

"방과 후? 상관없긴 한데."

"그럼, 교실에 있어."

"지금 들을게."

"지금 할 수 없는 이야기니까 나중에 보자고 한 거야."

"……그렇긴 하겠네."

이해가 되긴 했는데, 지금 할 수 없는 이야기라는 게 뭐지?

토리고에는 휴우, 하고 어이없다는 듯이 턱을 괴며 나와 후시미를 번갈아 보았다.

"후시미 양은 타카모리 군하고 소꿉친구지?"

내가 대답하기도 전에 후시미가 먼저 고개를 끄덕였다.

"응. 한때나마 거리가 멀어진 적도 있었지만, 소꿉친구고, 초등학교 때부터 계속 사이좋게 지냈으니까. 계, 계속…… 지금도…….”

후시미는 목소리가 작아지는 와중에도 겨우 끝까지 대답했다.

흐음. 토리고에가 코를 울리며 소리를 냈다.

왠지 비꼬면서 후시미를 부추기는 듯한 분위기가 들기도 했다.

위화감이 있다. ……토리고에가 이런 녀석이었나?

"만화나 애니메이션, 영화 같은 데서 항상 주인공 곁에 있던 애가 나중에 나온 애한테 지는 이유가 뭔지 알아?"

"순정만화에도 그런 경우가 자주 있지. 처음부터 주인공을 좋아하는 남자애는 대항마이긴 하지만 결국 이기지 못하고.”

"응. 그 이유가 뭐냐면 말이지, 자극적이지 않기 때문이야.”

뭔가 짐작 가는 부분이 있는지, 후시미가 입을 다물었다.

"오랫동안 함께 지낸 그 애하고는 어지간한 것들을 다 경험해 버렸으니까 이제 와서 이것저것 해봤자 두근거리질 않거든.”

옆에서 후시미가 고개를 숙였다. 토리고에가 뭔가 말을 할 때마다 대항심 같은 걸 불태우고 있었지만, 그게 급속도로 쪼그라드는 것 같았다.

"예전부터 잘 알고 지냈다는 건, 그 아이에 대해서는 몰라도 된다는 뜻이야. 하지만 잘 모르는 아이에게 호의를 품으면 앞으로도 알아가고 싶어지겠지."

"……윽."

후시미가 숨을 살짝 들이마셨다.

두 사람이 무슨 이야기를 하는 건지는 전혀 알 수가 없지만, 토리고에가 후시미를 공격하고 있다는 것만은 알 수 있었다.

"토리고에, 이해가 잘 안 되는 이야기는 하지 마."

"타카모리 군에게 하는 이야기가 아니거든."

"나한테 하는 게 아니니까 하지 말라는 거야."

"미안…… 나, 반장 일이 있어서."

덜컹, 자리에서 일어선 후시미가 곧바로 물리실에서 나갔다.

나가는 뒷모습을 바라보던 토리고에가 숨을 길게 내쉬었다.

"정말……."

토리고에는 말수가 적어서 무슨 생각을 하는 건지 알아채기가 힘들다.

하지만 오늘은 평소보다 더 알아채기가 힘든 것 같다.

"……방과 후에 꼭 기다려야 해."

"나도 알아."

"반장 일이 있다는데, 안 가도 돼?"

"……점심시간에 할 일 같은 건 없어."

만약에 있다고 한다면 수업 장소를 확인하거나 수업 준비를 하는 것 정도다.

하지만 오후 첫 번째 수업은 고전이다. 교실에서만 수업하고,

자료를 준비할 필요도 없다.

"정론인 것 같은데, 너무 심했나……."

토리고에는 조용히 말한 다음, 곤란하다는 듯이 눈살을 찌푸렸다.

"두근두근한 게 그렇게 중요해? 나는 그런 것 같지 않은데."

"그렇게 생각하면 말하지 그랬어."

"왜?"

만화 이야기잖아?

번쩍, 드디어 나도 눈치챘다.

"만화 최애 캐릭터가 달라서 싸웠구나!"

"전혀 아니거든."

그럴싸한 것 같은데……, 아니구나.

"정말, 진짜, 왜? ……전혀 아니거든."

"두 번이나 말하지 마."

왜 약간 어이없어하는 건데.

후시미가 나가자 토리고에도 항상 앉던 자리로 돌아갔다.

그런 다음에는 조용히 점심시간을 보낼 뿐이었다.

방과 후, 오늘은 후시미가 학급 일지를 쓸 차례였지만, 수업이 끝나자마자 재빨리 교실에서 나가버렸다.

학급 일지를 교실에서 써야만 한다는 규칙은 없으니까 다른 곳에서 쓸 생각인 것 같다.

평소에는 적당히 이야기를 나누면서 교실에서 쓰곤 하는데, 토리고에가 할 이야기가 있다고 해서 신경 써준 건가?

뒤를 돌아보니 토리고에가 휴대폰을 만지작거리고 있었다. 지금 당장 이야기를 하려는 건 아닌 모양이다.

클럽활동을 하러 가는 사람들은 일찌감치 교실에서 나갔고, 그렇지 않은 사람들은 방과 후에 어디서 놀지 이야기를 나눈 다음 나갔다. 10분 정도 지나자 그렇게 이야기하는 소리가 들리지 않게 되었고, 교실에는 나와 토리고에만 남았다.

나는 의자 등받이를 앞에 두고 뒤로 돌아서 앉았다.

"그래서, 할 이야기가 뭔데?"

내가 말을 걸자 토리고에는 만지작거리고 있던 휴대폰을 책상에 올려놓았다.

"타카모리 군은 자각하지 못하고 있겠지만, 요즘 주가가 올랐거든."

"……경제 이야기였나."

"그게 아니라, 타카모리 군이."

내, 주가?

"'후시미 버프'가 어쩌고저쩌고하던 거?"

"그것도 있긴 하겠지만, 험담을 하던 마츠자카 양이랑 애들한테 화를 냈잖아."

아, 그거? 테니스 대회에 안 나간다고 했던 거.

"그 모습을 보고 팍 꽂힌 여자애들이 꽤 있는 것 같아."

"그런 걸 어떻게 아는데."

"이 세상에는 단톡이라는 게 있거든."

"존재 정도는 나도 알아!"

아무도 나를 초대해주지 않았을 뿐이지.

"그게 화제가 되었고, 호감도가 팍, 올랐거든."

"호오. 엄청 떨어질 줄 알았는데. 그 이후로 교실 분위기가 최악이었고."

"그건 그거고, 이건 이거야."

여자애들은 이해가 잘 안 되네.

"4월까지는 타카모리 군하고 제일 사이가 좋았던 게 나인 줄 알았어."

그 인식은 정확하다.

교실에 있는 사람과는 이야기하지 않았지만, 물리실의 런치 메이트와는 이야기를 나누는 경우가 많았다.

"후시미 양하고 소꿉친구였다는 걸 알고…… 나보다 더 사이좋게 지내는 사람이 있던 걸까 하고 생각하니까……."

토리고에는 더듬더듬, '저기'라든가, '그러니까……'라고 하며 말을 이어나가려 하고 있었다.

"기분이 안 좋아졌어."

나는 계속 이야기하려 하는 토리고에를 기다렸다.

"이유가 뭘까, 생각해봤지. 나도 그런 식으로 느낄 줄은 몰랐으니까."

제일 사이가 좋다고 생각했던 친구. 하지만 그렇지 않았다.

나는 초등학교와 중학교 때, 그런 상황을 몇 번 경험한 적이 있다.

쓸쓸한 것 같기도 하고, 슬픈 것 같기도 하고. 반에서는 제일 사이좋게 지내지만, 그 녀석의 친구 전체로 보면 내가 1등이 아니었을 때의 마음.

"쓸쓸한 정도가 아니라, 그 마음은 그보다 더 컸어. 그래서 친구로서의 감정보다 이성으로 생각하는 감정이 더 강했고⋯⋯."

으으으, 토리고에는 그렇게 살짝 끙끙대며 눈을 내리깔았다.

"⋯⋯나는, 타카모리 군이 후시미 양하고 사이좋게 지내는 게 싫었던 것 같아. 내가 아무리 발버둥 쳐도 이길 수 없을 것 같은 여자애가 나타나니까, 정말, 싫었어."

반대로 나는 어땠을까.

2학년이 되고, 같은 반이 된 토리고에가 다른 남자애와 사이좋게 지내는 모습을 보고 기분이 나빠졌을까.

아마 나는 안심했을지도 모른다. 토리고에, 나 말고도 이야기할 수 있는 녀석이 있어서 다행이라고.

"어째서 싫었던 건지 생각해보니까, 답은 하나밖에 없었고⋯⋯."

"응."

"그제야 눈치챘어. 나는 타카모리 군을 좋아했던 거라고."

㉞ 지낸 시간의 의미

타카모리 군?

"나?"

"그래."

……토리고에가 이런 상황에서 농담을 할 녀석이 아니라는 것 정도는 알고 있다.

"나, 나?"

"……응."

혼란스러워졌다.

지금까지 그런 식으로 본 적이 없으니까.

"그, 그렇구나……."

"응."

이, 이럴 때는 뭐라고 하면 되는 거지?

당황스러워서 아직 무슨 말을 해야 하는지 모르겠다.

"그렇게 곤란해하지 마."

토리고에는 부드러운 표정으로 쓴웃음을 지었다.

"미, 미안해. 그런 이야기를 할 줄은 몰라서."

"방과 후에 남으라고 하면 어느 정도 눈치를 챌 만도 한데."

그, 그야 그렇겠지……. 이야기를 듣고 보니 그렇긴 한데, 상상도 해본 적 없기에 기습을 당했다고 해야 하나.

"자, 잠깐만 기다려."

나는 그렇게 말하고 일단 시간을 벌기로 했다.

그래, 하고 대답한 토리고에는 고민하는 나를 바라보고 있다.

하긴, 토리고에는 잘 살펴보면 미소녀다.

얌전하고 쿨해 보이는 분위기가 있으니까 수수하다고 생각할 수도 있지만, 사실은 그렇지 않다.

나도 그 사실은 잘 알고 있다.

만약에 사귀게 된다면, 물리실에 있을 때처럼 편한 시간을 보내게 될 것이다.

말이 없어도 문제가 없고, 최소한의 말만으로도 의사소통을 할 수 있고.

"……."

그때, 문득 후시미의 얼굴이 머릿속에 스쳤다.

어째서 지금 후시미가 생각난 건지는 잘 모르겠지만, 마나나 다른 여자애가 아니었다.

조용한 교실에 덜컹, 소리가 울렸다. 무심코 소리가 난 쪽을 돌아보니 여자애로 보이는 실루엣이 복도를 달려갔다.

저건──.

"정말……."

토리고에가 혼잣말을 한 다음 바깥쪽을 손가락으로 가리켰다.

"쫓아가. 아마 후시미 양일 거야."

"어?"

"됐으니까 얼른!"

날카로운 목소리로 소리치는 토리고에를 보고 한순간 멍해졌다.

하지만 머릿속에서 절박한 그 목소리가 메아리쳤다.

급하게 교실을 뛰쳐나갔다. 복도. 멀어져가는 뒷모습과 나부끼는 검은 머리카락.

토리고에가 말한 대로 쫓아갔다.

여전히 빨라서 내가 잡을 수 있을지 불안해졌지만, 그래도 달렸다.

"후시미!"

왜 후시미가 교실 바깥에 있었던 거지? 신경 쓰여서 듣고 있던 건가?

"기다리라니까!"

따라잡아서 무슨 이야기를 하면 되지?

화제 같은 게 없을지도 모르겠지만, 지금은 그냥 저 소꿉친구를 잡을 필요가 있다.

"윽……."

뒷모습이 울고 있었다.

바보처럼 뛰어다닌 탓에 옥상으로 나가는 계단까지 와버렸다.

하지만 거기는 막다른 길이다. 옥상 문은 잠겨 있어서 그곳을 통해 바깥으로 나갈 수는 없었다.

"……기다리라고 했잖아, ……왜 그렇게 빠른 거야, 너……."

이럴 때는 금방 잡을 수 있는 거 아니었나?

술래잡기를 10분 정도는 한 것 같다.

"모범생은 온 적 없으니까 모르지? 옥상에는 못 가거든."

후시미는 층계참에서 내게 등을 돌린 채 훌쩍이고 있었다.

나는 숨을 돌리는 것만으로도 벅찼다.

"어째서…… 온 거야."

"네가 도망치니까 그렇지. 훔쳐 듣기나 하고…… 참 좋은 취미를 가지셨어."

"그건…… 미안해. 듣다 보니까, 신경 쓰여서…… 교실까지 와버렸어…….."

듣다 보니까?

후시미가 눈가를 손으로 닦았다.

"대답은 어떻게 할 거야."

"…………아, 그거 말이지."

나는 머리를 벅벅 긁었다.

"미안하지만, 거절할 거야."

"어째서."

"모르겠어."

"그게 무슨 소리야."

"그걸 생각하니까, 제일 먼저 후시미가 생각났거든."

이유가 뭘까, 나도 신기했다.

"토리고에를 받아들이면, 후시미하고는 다시 그냥 반 친구 같은 거리감으로 돌아가는 것 아닐까 했거든."

"그래도 딱히 상관없잖아. 전부터 그랬으니까."

"상관이 없기는."

그렇게 말하면서도, 아직 나도 잘 알 수가 없었다.

하지만 울고 있는 그 뒷모습을 내버려 둘 수는 없었다.

"내 옆자리엔 후시미가 제일 잘 어울리거든."

그녀는 훌쩍, 다시 코를 울리고는 어깨를 떨었다.

"다른 누군가가 아니라, 후시미가 말이야."

후시미가 그제야 이쪽으로 돌아섰다.

완전히 구겨진 울상이라 학교의 공주님과는 거리가 먼 표정이었다.

"그런 건, 나도, 마찬가지야."

타닥, 후시미가 달려와서 몇 계단 위에서 내 쪽으로 뛰어내렸다.

꽈악, 끌어안는다——.

그렇게 할 수 있으면 좋았겠지만, 멍하니 서 있던 나는 기세를 이기지 못하고 뒤로 쓰러져 따악, 복도에 머리를 세게 부딪혔다.

"아, 아파……!"

"미, 미안해…… 나도 모르게. 기뻐져서."

내 위에 올라탄 후시미. 속눈썹이 눈물에 젖었고, 눈가는 빨개져 있었다.

"얼굴 참 못났다."

"누구 때문인데……."

띵동, 내 휴대폰에 메시지가 왔다.

확인해보니 토리고에가 보낸 메시지였다.

『집에 갈게. 대답은 됐어. 괜찮아.』

"토리고에?"

"료 군, 사실은……."

◆토리고에 시즈카◆

『집에 갈게. 대답은 됐어. 괜찮아.』

타카모리 군에게 메시지를 보낸 다음, 책상에 엎드렸다.

"정말, 둘 다 손이 많이 간다니까……."

전혀 생각대로 움직여주지 않는 후시미 양과, 자신에 대해서는 눈치가 전혀 없는 타카모리 군 때문에 정말 곤란했다.

방과 후가 되자 후시미 양에게 전화를 걸었다. 그리고 통화 중으로 두고 타카모리 군과 이야기를 했다. 후시미 양에게는 전부 듣게 했다.

전화를 끊지 않아서 간접적으로 차이게 되어버렸지만.

가방을 들고 자리에서 일어나 학교를 나섰다.

"결과는 알고 있었어."

그 두 사람이 서로 좋아한다는 것 정도는 보면 알 수 있다.

하지만 그건 잘 살펴보았기 때문이다.

그렇게 생각하지 않는 여자애도 잔뜩 있다.

타카모리 군을 좋아한다. 이야기를 해보니 후시미 양도 좋아하게 되었다.

그래서 타카모리 군을 다른 여자애에게 뺏길 수도 있다. 그렇게 경종을 울려주고 싶었다.

내가 선전포고를 해서 후시미 양을 재촉하고, 두 사람을 이어줄 생각이었다.

……타카모리 군의 상대는 흠잡을 곳이 없는 후시미 양이 좋겠다.

다른 여자애는 납득이 안 되니까.

내 이기적인 생각으로 두 사람을 휘둘러버린 건 솔직하게 사과하고 싶다.

"그래도 확실하게 마음을 털어놓지 않는 두 사람도 잘못한 거니까."

타카모리 군에게서 후시미 양에 대한 마음을 이끌어 내려고 했는데, 그녀가 참지 못하고 곁으로 다가온 건 뜻밖이었다.

"타카모리 군이 생각하는 동안에 견디지 못하게 된 거겠지."

……견디지 못했던 건 나도 마찬가지다.

날마다, 날마다, 따끔따끔, 따끔따끔.

앞자리에 있는 두 사람을 보고 있자니 바늘로 가슴을 찔리는 듯한 기분이 들었다.

어차피 서로 좋아한다면 마음을 확실하게 드러내줬으면 했다.

타카모리 군하고는 내가 제일 사이좋게 지낸다. 같이 지내면 마음이 편하다. 아마 그쪽도 마찬가지일 거고……, 그러니까, 혹시나──.

그런 식으로 생각하기도 했다.

아무도 없는 공원을 발견하고 벤치에 앉았다.

"결과 같은 건 알고 있었는데."

다시 똑같은 말을 되풀이했다.

혹시나──, 같은 걸 생각한 시점에서 사실은 모르고 있었던

것이다.

후시미 양을 재촉할 생각이었는데, 재촉당한 건 나였다.

『순정만화에도 그런 경우가 자주 있지. 처음부터 주인공을 좋아하는 남자애는 대항마이긴 하지만 결국 이기지 못하고.』

정말 그 말이 맞았다.

1학년 때부터 계속 타카모리 군을 알고 있었던 나는 갑자기 나타난 강력한 히로인에게 '옆자리'를 쉽사리 빼앗겨 버렸던 것이다.

'소꿉친구'를 비꼬던 그 말은 내 가슴에 깊게 박혔다.

코 안쪽이 찡해지고 입안에 열기가 돌았다. 시야가 점점 흐려지기 시작했다. 목 안쪽이 떨리고 토해낸 숨결도 왠지 힘이 없었다.

'울지 마', 머릿속에 들리던 그 목소리가 점점 작아지기 시작했다.

"……좋아한다는 걸 좀 더 일찍 눈치챘으면 좋았을 텐데."

결과는 알고 있긴 했지만, 역시 괴롭다.

㉟ 연적이자 취미 친구

"무슨 말을 해줘야 할까……."

집에 가는 길에 후시미는 발끝을 보며 조용히 말했다.

나와 후시미가 교실로 돌아왔을 때, 토리고에는 자리에 없었다.

나는 후시미에게 무슨 일이 있었는지 들었다.

보아하니 나와 후시미의 마음을 확인하게 해주기 위해 토리고에가 꾸민 일이었던 것 같다.

"이어주려고 하긴 했지만, 분명히 료 군을 좋아했던 것 같거든?"

후시미는 토라진 표정으로 옆에 있던 나를 곁눈질로 보았다.

"모순되는 거 아냐? 만약에 그랬다면 그런 짓을 안 했을 텐데."

"료 군이 생각하는 것보다 소녀의 마음은 복잡하다고."

그런 거야? 나는 그렇게 말하며 고개를 갸웃거렸다.

옆에 있는 건 서로가 제일이라는 걸 좀 전에 확인한 우리.

라이크인지 러브인지는 아직 잘 모르는 부분이 있다.

진지하게 생각하면 할수록, 점점 어려워지기만 했다.

솔직하게 그 사실을 말하자 후시미는 그래도 된다고 말해줬다.

"한동안 내가 물리실에 안 가는 게 나을까?"

"그건…… 음…… 글쎄? 지금까지처럼 대해주는 게 나을 것 같기도 하고, 배려해서 안 가는 게 나을 것 같기도 해……."

"뭐야, 소녀의 마음을 대변해주는 분이 믿음직스럽지 못하네."

"사람들마다 다 다르니까 나도 모르겠다고!"

놀리니까 그녀가 약간 화를 냈다.

토리고에에게 확실하게 대답한 건 아니지만, 뭔가 짐작한 듯한 분위기가 있었다.

뭐, 고백하는 상황에서 다른 여자애를 쫓아가는 남자니까…….

질려버린 건지도 모르겠다.

그래도 쫓아가라고 한 건 토리고에인데…….

"아, 그러면 어설프게 둘이서만 보는 게 아니라 다시 셋이서 점심밥을 먹는 건…… 어떨까."

"그, 그래도 될까……? 이제 뭐가 뭔지 모르겠어."

그냥 직접 물어볼까. 주머니에서 휴대폰을 꺼내서 메시지를 입력하기 시작했다.

"료 군, 뭐해?"

"어떻게 하고 싶은지 토리고에에게 물어보고 있어."

"잠깐만, 이 악마! 왜 그렇게 섬세하지 못한 짓을——."

발끈하며 화가 난 후시미가 나를 탁탁 때려댔다.

띵동, 금방 답장이 왔다.

『평소처럼 대해주면 좋을 것 같은데.』

"……그렇다네."

"……그, 그렇구나. 그럼 다행이긴 한데."

다시 토리고에에게 메시지가 왔다.

『앞으로도 후시미 양하고도 사이좋게 지내고 싶어.』

"그렇단다."

"토, 토리고에 양⋯⋯."

내 휴대폰 화면을 보고 후시미가 울상을 지었다.

"사이좋게 지낼 수 있을 것 같아서 다행이네."

"응."

그래도 내일부터 바로 그러면 신경이 쓰일 테니까――, 후시미는 1주일 정도 열기가 식을 때까지 기다릴 생각인 모양이었다.

"'열기가 식으면', 추천하는 소설을 잔뜩 가지고 가야지⋯⋯!"

뭘로 할까~. 후시미는 손가락을 꼽으며 기대하는 듯이 혼잣말을 했다.

후시미를 데려다주고 집으로 왔다.

오늘 고생해준 토리고에에게 고맙다는 인사를 하기 위해 전화를 걸었다.

"여."

『뭐야?』

"고생시킨 것 같아서, 미안하다. 그리고 고마워."

『아니야. 두 사람이 감질나게 굴길래. 등을 좀 밀어준 것뿐인데.』

후시미가 보기에는 토리고에가 나를 분명히 좋아하는 것 같다고 하는데, 귀에 들린 목소리는 평소와 똑같았다.

역시 그냥 나와 후시미를 부추기기 위해서 연기를 했을뿐인 거 아닌가?

『사귀는 거지?』

"응? 아니, 그런 이야기는⋯⋯ 아직⋯⋯."

『⋯⋯뭐하는 거야, 후시미 양.』

"어라? 어, 내가 아니라 후시미에게 따지는구나."

『내가 그러라고 열심히 노력했는데. 타카모리 군이 망할 둔감 외톨이라서 아직 안심하는 거 아닌가——.』

"나까지 덤으로 디스하는 거야?"

『후시미 양이 좋아한다는 마음을 보여준 적도 없어?』

그런 적은………, 어라?

학교를 땡땡이치고 바다에 갔을 때……? 그건 역시 내 얘기……?

『짐작 가는 거 있지? 망할 둔감.』

"왠지 저를 막 대하시는 것 같은데요, 토리고에 양."

『이 정도는 괜찮잖아. 용서받을 거야.』

누가 용서해주는데.

"후시미는 성실하니까, 어렸을 때 했던 약속을 지키는 거고……, 지금도 그 약속을 질질 끄는 거 아닌가 했는데…….."

『좋아한다는 마음을 전하는 데 얼마나 힘을 낼 필요가 있는지 알지도 못하는 주제에. 옛날에 한 약속이 어쩌고저쩌고, 그렇게 얄팍한 연심을 품고 있진 않을 거야, 후시미 양은.』

그런가?

나는 계속 학교 제일의 미소녀인 후시미가 나 같은 걸 좋아할 리가 없다고 생각했고, 그런 낌새가 있어도 약속을 지키려 하는 거니까 진심이 아닐 거라고 생각했다.

그런데 토리고에 왈, 그런 수준이 아니라고 한다.

『만약에 약속이 어쩌고저쩌고 한다면, 그건 그냥 명분이야. 진심이나 본능적인 부분에서는 분명 정말 좋아할 테니까.』

저, 정말 좋아한다고…….

그런 식으로 말하니 쑥스럽다.

후, 후시미, 너, 역시 그런 거야──?

"오빠야, 왜 실실대고 있어?"

"으아아아아악?!"

깜짝 놀란 나는 뒷걸음질 치며 문에 등을 기댔다.

마나가 의아한 듯이 바라보고 있다.

그러고 보니 여긴 아직 현관이었지.

"아, 아무것도 아니야."

"흐음?"

수화기 너머로 '후후, 아하하' 하는 토리고에의 목소리가 들렸다.

마나의 목소리를 듣고 대충 상황을 짐작한 모양이었다.

가방을 들고 재빨리 내 방으로 들어갔다.

한참 웃은 토리고에에게 점심시간에 대한 확인을 한 다음, 통화를 마쳤다.

후시미가 말한 '열기가 식으면'에 해당되는 다음 주 점심시간.

반장 콤비는 아직 자리에 있던 토리고에에게 다가갔다.

"토리고에 양, 물리실 가자."

"어? 아, 응."

한순간, 뜻밖이라는 듯이 눈을 동그랗게 뜬 토리고에는 후시미 뒤에서 내가 싱글거리는 모습을 보고 살짝 쓴웃음을 지었다.

"……불러줘서 고마워."

그 말을 들은 후시미가 에헤헤, 하고 웃었다.

그녀는 종이봉투를 들고 있었다. 아침에 물어보니 후시미 셀렉트 소설 20권이 들어있는 모양이었다.

'진짜 진심으로 고른 거니까'라고 오늘 아침에 학교에 오면서 진심 어린 표정으로 말했다.

자신만만한 라인업을 토리고에에게 선보일 모양이었다.

'그거 뭐야?'라고 토리고에가 종이봉투에 대해 묻자 물리실에 갈 때까지 참지 못했던 후시미가 둑이 터진 것처럼 말하기 시작했다.

"후시미 히나 셀렉트……! 엄선 20권……!"

"좋네. 20권이면 라인업에서 센스가 보일 테고."

"으으으으으음, 맞아!"

신이 난 후시미는 '토리고에 양은 뭘 좀 아는 여자'라는 표정으로 흥분해서 떠들어댔고, 토리고에는 조용히 고개를 끄덕이면서 '알겠어, 응, 알겠어'라는 표정을 짓고 있었다.

"후시미 양, 그거, 나도 있어."

"겨, 겹쳤어! ──나이스 센스!"

"나이스 센스."

추천하는 작품을 읽어본 적이 있거나 이미 가지고 있는 경우에는 그렇게 서로를 칭찬하고 있었다.

정과 동, 음과 양처럼 꽤 괜찮은 콤비일지도 모르겠다.

그런데 한동안 이렇게 셋이서 있자니 내가 끼어들 수 없다는 걸 알게 되었다.

뭐, 둘이서 즐거워 보이니 딱히 상관없겠지.

교실에서는 둘 다 보여주지 않는 표정을 지으며 이야기를 나누는 두 사람.

"……역시 내 선택은 틀리지 않았어."

조용히 한 혼잣말이 내 귀에 살짝 들렸다.

그때 보여준 토리고에의 미소는 매우 인상적이었다.

(36) 추천하는 소설

"타카모리 군은 책 같은 거 읽어?"

료 군이 화장실인가 어딘가 간다면서 자리를 비우자 토리고에 양이 그렇게 물어보았다.

"책…… 읽나……?"

읽는 모습을 본 적이 거의 없고, 상상도 안 된다.

"그건 왜?"

"장난 아니게 둔감하잖아, 타카모리 군."

"그건 분명하지."

"그러니까, 소설을 통해 소녀의 연심이라는 걸 알게 되면 괜찮을 것 같아서."

"아~. 그거 좋은 생각인 것 같아!"

소꿉친구가 나오는 소설이 뭐가 있었지?

으음, 하고 생각하고 있자니 토리고에 양이 어떤 제목을 하나 말했다.

"그 작품은 짝사랑을 하는 여자애의 심리가 잘 묘사되어 있으니까 매우 참고가 될 거야."

"어~. 그건……."

나는 토리고에 양을 미심쩍은 눈초리로 보았다.

"왜?"

다른 생각이 있어서 그 작품을 선택한 건 아니었는지, 그녀는 내가 보인 반응에 의아하다는 듯이 고개를 갸웃거렸다.

"그거, 주인공인 남자 고등학생이 수수한 반 친구하고 사귀다가 임신시키는 이야기잖아."

장르로 따지면 순문학. 나이나 각자 다른 사랑의 형태를 잘 표현했기 때문에 매우 좋은 작품이라는 건 나도 알고 있다.

하지만.

묘사가 과격하고, 특히……, 베드 신이라든가.

"……."

토리고에 양은 눈을 슬쩍 피했다.

알면서도 그렇게 제안했구나?

소설을 통해 료 군에게 무언가를 주입하려 하는 거 아냐——?!

"그랬나?"

얼버무리네?!

어흠. 나는 헛기침을 했다.

"료 군에게 소녀의 마음을 알려주는 건 완전 찬성이지만, 심층 심리에 슬쩍 파고들려 하는 번거로운 수단은 좀."

"무슨 소리야?"

철저하게 얼버무릴 셈이다……!

"그리고. 료 군이 소설을 읽는다는 건 상상도 안 되고."

"의외로 푹 빠질지도 몰라. 내가 흥미를 가지게끔 알려줘서 읽게 만들 테니까."

"잠깐, 그런 야한 소설, 료 군한테 읽게 하지 마!"

"흐음. 후시미 양은 그 작품을 야한 소설이라고 생각하는구나?"

나도 알아……. 잘 알아. 야한 장면이 있고, 그게 과격하다는 걸 제외하면 꽤 명작에 들어간다는 것 정도는.

토리고에 양은 마치 후시미 양은 뭘 모르는구나, 하고 말하려는 듯이 애호가 특유의 위에서 슬쩍 내려다보는 듯한 태도를 취하고 있었다.

내가 마음에 걸리는 건 베드 신 묘사도 있지만, 같은 반 수수한 여자애하고 단 한 번 사랑을 나눈 결과, 임신시킨다는 스토리 전개다.

"겹쳐……, 겹친다고……!"

"후시미 양은 타카모리 군의 엄마가 아니잖아. 그럼 내가 뭘 추천하더라도 상관없지 않아?"

"그렇긴 한데……."

토리고에 양은 분명히 자신과 료 군의 관계에 딱 들어맞는 것 같은 작품을 고른 것 같다.

소녀의 연심을 알게 만든다는 원래 목적에도 들어맞으니 따지기도 미묘하게 힘들다.

"뭐, 추천하더라도 분명히 읽긴 않겠지만."

나는 그렇게 말하면서 이번 토론에서 백기를 들었다.

며칠 뒤 아침.

등교하다가 그 이야기가 나왔다.

"아, 그거 말이지. 재미있으니까 읽어보라고 하길래 토리고에

한테 빌렸어."

"그렇구나."

재미있는 건 사실이니까 부정적인 의견을 말하기가 껄끄럽다.

150페이지 정도 되는 얇은 문고본을 가방에서 꺼낸 료 군은 그걸 팔랑팔랑, 넘겼다.

"읽었어?"

"일단은 전부 다."

그렇구나…….

"그런데 어려운 한자나 까다로운 표현이 많아서 이해가 안 되더라."

"아~! 그렇구나, 그렇구나!"

"……왜 그렇게 기뻐하는 거야?"

"아니, 전혀 그렇지 않아. 료 군에게는 좀 일렀나 보네!"

그게 무슨 소리야. 그렇게 말하는 료 군은 불만스러워 보였다. 이번에는 내가 소꿉친구가 일편단심이고 엄청 귀엽게 나오는 만화를 알려줘야지.

시이

시노 있지, 있지. 시이

시노 저번에 말했던 연애 이야기는 어떻게 됐어??

시노 가망이 없을 것 같으니까 우정을 선택한다던 그거 😀

그 이후로는 두 사람하고 잘 지내고 있어.
남자애 쪽은 여전하지만,
여자애 쪽이랑은 사이가 좋아졌어 😊 **시이**

시노 잘됐네. 내가 아는 사람이야?

그럴지도. 그 두 사람은 시노하고 같은 중학교였으니까 **시이**

시노 진짜? 누군데? 누군데?

후시미 히나 양 **시이**

시노 공주님이네 😄

역시 어디에서나 공주님이라 불리는구나   **시이**

시노 공주님 상대로는 힘들겠지~ 😖

시이 그런 건 아닌데,
나도 후시미 양을 좋아하니까.
그래서 그 사람을 맡겨도 될 것 같았거든

시노 시이는 어른이시네요 ㅋㅋ

시이 그래? ㅋㅋ

시노 그래서, 남자애는?

시노 이거 중요함 😀

시노 이름만 알면 중학교 때 다른 반이었더라도
어느 정도는 알 수 있을 테고!

시노 미인인 시이가 선택한 남자가 과연 누굴까

시이 신났네 ㅋㅋ

시이 딱히 미인은 아니거든?

시이 남자는 타카모리 료 군이라는 사람

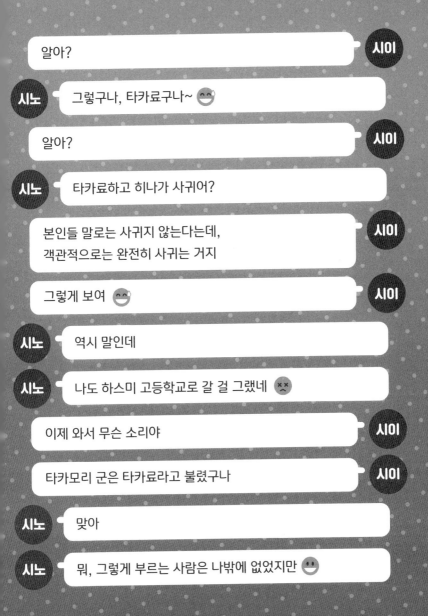

센스가 괜찮은 걸 보니까 사이좋게 지낸 거야? **시이**

저기, 타카료하고 **시이**

시노 사이좋게 지냈지 😄

그랬구나 **시이**

시노 응. 사귀었으니까

후기

처음 뵙겠습니다. 켄노지입니다.

'고2로 타임리프한 내가 그때 좋아하던 선생님께 고백한 결과'에 이어 두 번째 러브코미디입니다. 이번 작품도 GA문고에 신세를 지게 되었습니다.

신작을 내는 건 거의 1년만입니다만, 매번 신작을 낼 때마다 어쩔 줄 몰라서 이것저것 생각하다가 잠을 제대로 자지 못하곤 합니다.

저번에는 꽤 달달한~ 러브코미디였고, 러브 성분이 9할 이상이라 당분이 지나치게 많이 들어간 느낌이었습니다만, 이번 작품은 연애 소설에 가까운 러브코미디입니다. 같은 러브코미디지만 약간 다른 느낌이니까 신경 쓰이시는 분은 '고2로 타임리프~'도 꼭 읽어봐 주세요.

켄노지는 러브코미디뿐만이 아니라 이세계 판타지도 쓰고 있습니다.
• '꽝 스킬, 『존재감이 희미하다』를 지니고 있는 길드 직원이 사실은 전설의 암살자'
• '치트 약사의 슬로우 라이프' 등.
이 작가의 이세계물을 읽어보고 싶다! 그런 생각이 드신 분은 양쪽 다 재미있으니 꼭 읽어봐 주세요. 각각 호평 발매 중입니다!

　이번 작품도 내면서 많은 분들에게 신세를 졌습니다.
　그런 분들 덕분에 이렇게 작품을 낼 수 있게 되었기에 감사한
마음뿐입니다.
　이제 팔리기만 하면 만만세. 독자 여러분은 물론이고 제작 관
계자 여러분, 판매 관계자 여러분, 많은 분들을 행복하게 만들어
줄 수 있는 작품이 되면 좋을 것 같습니다.

　우선 이 작품을 읽어주신 독자 여러분, 감사합니다.
　다음 권도 기대해주시길 바랍니다.

역자 후기

안녕하세요, 천선필입니다.

『성추행당할 뻔한 S급 미소녀를 구해주고 보니 옆자리 소꿉친구였다』1권, 재미있게 읽으셨는지 모르겠습니다.

와, 그대로 적어놓고 보니 제목이 정말 기네요. 저도 지금까지 작품을 꽤 많이 했고, 그중에는 이 작품처럼 제목이 문장형인 작품도 몇 개 있긴 한데, 부제가 아니라 제목 자체만 놓고 보면 이 작품이 제일 긴 작품인 것 같습니다. 이렇게 긴 문장형 제목을 마음에 안 들어하실 분도 계실 텐데, 그런데도 계속 나오는 걸 보면 나름대로 순기능(?)이 있거나 선호하시는 분이 계셔서 그런 게 아닐까 하는 생각도 듭니다. 결국 제목을 줄여서 약칭으로 부르게 되기도 할 테고요.

이 작품은 선전 문구에도 언급한 바가 있는 것처럼 스트레스받는 전개가 거의 없는 것 같은 느낌입니다. 답답한 점을 굳이 찾아보자면 요즘 주인공 캐릭터답지 않게 둔감하다는 점 정도가 있을 텐데, 사실 러브코미디에서 둔감 속성을 빼면 또 스토리가 무시무시해질 수도 있으니 어느 정도는 감안해야 하지 않을까 하는 생각도 듭니다. 그걸 제외하고는 갈등도 크게 고조되지 않고, 딱히 악당 같은 캐릭터도 보이지 않아서 마음이 굉장히 편한 작품이라 할 수도 있겠네요. 독자 여러분께서는 어떻게 읽으셨는지 궁금합니다.

이제 1권 번역을 마친 상태라 확실한 건 아무것도 없지만, 일단 지금까지는 패배의 상징이었던 소꿉친구가 메인 히로인이라 한 바퀴 돌고 두 바퀴 돌아서 오히려 신선하다는 느낌도 있습니다. 사실 예전에는 소꿉친구가 승리하는 경우도 꽤 많았거든요. 거의 예비 신부? 이런 취급을 받기도 했는데, 요즘은 뭐 진짜 패배의 상징이죠. 작중에서도 나오지만 후발주자를 넣으면서 추가로 양념처럼 넣는 자극 때문이기도 할 테고요. 판타지 작품처럼 마법이나 전투 내용이 좀 들어가면 집에서 기다리는 경우가 대부분인 소꿉친구는 아무래도 비교우위에서 밀릴 수밖에 없겠죠. 그런 상황에서 한 번 더 뒤집으니 또 새로운 느낌이 드는 것 같습니다. 요즘에 주인공과 연애하지 않고 악행만 저지르는 마왕 캐릭터가 나온다면 이런 느낌이 들지 않을까 하는 생각도 들고요.

이런 생각을 하면서 이번 『성추행당할 뻔한 S급 미소녀를 구해 주고 보니 옆자리 소꿉친구였다』 1권을 번역하였습니다. 매번 그랬듯이 감사의 말씀 드리고 후기를 마치려 합니다.
항상 신경을 많이 써주시는 담당 편집자분, 그리고 책을 내는 데 도움을 많이 주신 소미미디어 관계자 여러분, 그리고 가족 여러분. 감사합니다.
그 누구보다 감사드리고 싶은 분은 독자 여러분입니다. 제가

이렇게 무사히 번역을 마치고 후기를 쓸 수 있는 것도 독자 여러
분 덕분이라 생각합니다. 진심으로 감사드립니다.

다시 찾아뵙게 될 때까지 행복한 하루 보내시길 바랍니다.
감사합니다.

CHIKAN SARESO NI NATTEIRU S-KYU BISHOJO WO TASUKETARA TONARI NO SEKI NO
OSANANAJIMI DATTA
Copyright © 2020 Kennoji
Illustrations copyright © 2020 Fly
Original Japanese edition published in 2020 by SB Creative Corp.
Korean translation rights arranged with SB Creative Corp., Tokyo
through Japan UNI Agency, Inc., Tokyo

성추행당할 뻔한 S급 미소녀를 구해주고 보니 옆자리 소꿉친구였다

2022년 08월 15일 1판 2쇄 발행

저   자 | 켄노지
일러스트 | 플라이
옮 긴 이 | 천선필
발 행 인 | 유재옥
본 부 장 | 조병권
담당편집 | 박치우
편집 1팀 | 김준균 박소연 김혜연
편집 2팀 | 정영길 조찬희 박치우 정지원
편집 3팀 | 오준영 곽혜민 이해빈
디 자 인 | 김보라 박민솔
라 이 츠 | 맹미영 이승희 이윤서
디 지 털 | 박상섭 김지연
발 행 처 | (주)소미미디어
인쇄제작처 | 코리아피앤피
등   록 | 제2015-000008호
주   소 | 서울시 마포구 토정로 222, 403호(신수동, 한국출판콘텐츠센터)
판   매 | (주)소미미디어
마 케 팅 | 한민지 최원석 최정연
물   류 | 허석용 백철기
전   화 | (02)567-3388, Fax (02)322-7665

ISBN 979-11-384-0196-8
ISBN 979-11-384-0195-1 (세트)